将軍様はお年頃

Shogun-sama ha otoshigoro

著 西紀貫之
画 庄名泉石、蟹屋しく
原作 ALcot

ぷちぱら文庫

神泉信行《かみいずみのぶゆき》
江都時代にタイムスリップした現代青年。穏健な性格だがヒーロー願望アリ。
御三家・終張徳河家の長女ながら歌舞伎者で、放蕩生活を送っている。
徳河宗春《とくがわむねはる》
りん
徳田義宗《とくだよしむね》
家事から手間仕事までなんでも請け負う「よろず屋」だが、極度の人見知り。
悪党退治が趣味の「貧乏旗本の三女」。気高く、正義感が強いその正体は…。
三衣珠樹《みついたまき》
烈斬《れつざん》
意思を持ち(結構フランク)、人語を話す霊刀。信行が愛刀として携行する。
信行と共にタイムスリップしたら、なぜか商家の娘となった兄ラブな義妹。

CONTENTS

小《こ》石川《いしかわ》庄船《しょうせん》
幕府直轄の療養所で医療を行う、ファンキーな外人女医。
加納《かのう》格道《かくみち》
義宗のお目付け役として行動を監視する筋肉ムキムキ老臣。
お辰《たつ》
町火消・め組のお頭。なりは小さいが人情に厚く喧嘩っ早い。
逸見《いつみ》大左衛門《だいざえもん》
間宮配下の傲慢な武士。体格がよく、剣の腕もかなりのもの。
間宮《まみや》白石《はくせき》
将軍秘書。弁舌に長け政治手腕を振るうが、胡散臭さも…。

プロローグ　いつかの逢瀬

「今夜は城に戻らなくともよいと言われておりまして……」

大川の夕日に染まった彼女のその言葉の意味がわからないほど、僕は子供ではなく。僕らは湯屋の二階へと連れ立っていく。

湯上がりの体を寄せ合いながら、なにもいわずに抱きしめ合う。目を合わせても気恥ずかしくて逸らせ合ってしまう。でも、すぐに見つめ合う。その繰り返し。

行灯の火を細くし、暗がりの中でお互いの体温を感じ合いながら睦み合う。そんな時間を過ごしていくうちに、僕らは唇を重ね合う。

「信行《のぶゆき》どの……」

「義宗《よしむね》さん……」

名を呼び合うことはお互いこれ以上ない同意のような意味を持ち、僕は促されるようにもういちど唇を重ねる。

「こういうときは目を閉じるものではないのですか？　じっと見すぎです」

「どんな表情をしてるのかが気になりまして」

普段なら言えないようなことも、言えてしまう。重ねるたびにか細く唇から漏れる僕の名前。徐々に僕の理性が溶けていく。

「……はぁ、夢みたいです。信行どのとこんな関係になれるなんて」

「僕だってそうです。まさか義宗さんと恋仲になるなんて」

「さすがに少し恥ずかしいですね」

それでも着物をはだけ、露わになった乳房を隠そうとはしない。もともと大きいとは思っていたけれど、まさかこれほどとは。実際に見ようと思って見ると、その素晴らしさに言葉もない。

「お、大きいのはお嫌いですか？」

「好きです」

即答してしまい、くすくすと笑われてしまう。しかし、お互いの体を見せ合うという不安も、少しは軽くなったような気がする。

僕は彼女の股間に沿わせていた指を、そっと押し当てる。

「あ、そこは……」

しっとりとした体温と柔らかさ、指先から感じるその刺激に僕は唸る。もしかして義宗さん……もう。

「い、いわないでください、自分でもわかっていますから」

肌触りのよい下着の一点が湿り気を帯びて滲み出している。刺激を拒絶されないことを確認しながら、ゆっくりと愛撫していく。唇を重ねながら吐息の反応を味わい、優しく撫でるように指を沈みこませる。

「ん……はぁ……っ！」

「苦しい？」

「そ、そういうわけでは――！」

「力を抜いて」

下着の上からそこを撫でるように、ゆっくりと周囲も含めてほぐしていく。いまは気持ちよさよりも安心を与えたい。

「は、はしたない声を上げてしまいそうで」

ぬるりとした感触が増してくる。僕はそれが嬉しくて、よろこぶ反応が返ってくるたびに優しく繰り返してあげてしまう。体の緊張が解けるに従い、小気味いい反応が返ってくるようになった。内股が微かに震えており、蕩けるような瞳が僕を見返してくる。

そのねだるような色に僕の愛撫も熱さを増していく。すでにどろどろになってしまった下着を脱がせると、彼女の秘した部分が露わになる。

「すごい……」

思わず呟いてしまう。きれいな桃色で、瑞々しく濡れそぼっている。行灯の明かりを受けててらりとした滑りが、布団へと細く糸を引き落ちる光りが見えた。

男冥利に尽きるというのはこのことだろうか。僕はこれからのことを思い、しっかりと解さねばと、焦る気持ちを抑えながら愛撫を続けていく。

僕の指が蠢《うごめ》くたび、可愛らしい押し殺した嬌声が漏れ出る。それは痛く僕の情欲を刺激する。ひときわ大きく痙攣《けいれん》したと思うや熱く脱力した彼女は、仰臥するよう僕を迎える姿を取り、足で抱えこむように誘ってきた。

「さあ、きてください。覚悟は……もうできていますから」

僕は頷き、視線をそこに向ける。充分に濡れていて挿入になんの支障もないように窺える。初めては痛いものだというお互いの思いがあり、緊張するが、僕のものはしっかりと痛いくらいに屹立し、彼女の中へ入りたいと主張している。

それを見てる彼女は、ひとつ促すように優しく頷く。最後までやり遂げたいという思いが、僕と彼女とで重なる。

「できれば、名を――義宗と呼んでくださいませんか?」

「義宗」

言っておいてなんだが、すごく照れくさい。

「わぁ……」

しかし彼女はことのほか嬉しそうに。緊張がゆるむかのように体を開いていく。

「信行……」

反撃されると、その破壊力の高さにくらくらしてくる。言葉の、呼び方の壁を越えるだけでここまで凄いとは。

すでに濡れそぼっているそこに、僕自身をあてがう。互いの熱を敏感な部分同士で感じる。これだけですごく気持ちがいい。包まれてしまったら、いったいどうなってしまうんだろうか。

導かれるように、僕は押し当てる。

「いくよ？」

「はい、私を、女にしてください――」

返事の代わりに、僕は腰を押し進める。

「んぐッ！　……んっ、ん！」

破瓜の傷みを気丈に耐えながら、彼女は僕を迎え入れてくれる。熱い粘膜にぎゅっと包まれる感覚に唸りながら、それでも痛みを早く終わらせようと一気に奥まで押しこむ。

「つらい？」

「うれし涙ですよ。やっと、ひとつになれたのですから……」

いまは彼女の言葉を信じ、涙を苦痛と思わず、目一杯気持ちよくしてあげたいと思った。

「少し頑張ってね」

優しく囁き、拙いながらも腰を使い始める。しかしそのすさまじい快楽に、実は僕自身も余裕がない。思いのほか熱い粘膜から感じる温かみは、それだけで僕の背筋を震わせる。溶け合うような体温交換は交わらなければわからない快感だった。

未曾有《みぞう》の感触は彼女も同じなのだろう。

痛みだけではないなにかを感じているのか、苦痛の呻きからだんだんと味わうような呼

気の色へと変わり始めていく。僕の手を強く握りながら、突き入れるたび、退くたび、わななくような返しに縋るような気配が伝わってくる。

口からは整えるような喘ぎと、漏れ出てしまう声が混じり合い、目尻に滲む涙がときおり珠となって耳元から布団へと滴る。

まるで僕のすべてを包みこむようなそこに、限界ギリギリまであっという間に追いこまれた。

「あ、すごく中で大きく……もう果てそうですか？」

「う、うん、すごく気持ちよくて」

正直な吐露に彼女が優しく微笑み返す。

「謝らないでください、いいですよ……きてください」

小刻みな痙攣が伝わってくる。どうにか保たせなければと思うが、だんだんと下半身に抗いがたい熱が集まり始め、目の前が白くなっていく。

「わ、私ももう……！」

互いの呼吸が呼応し合い、音や光の感覚が快楽に塗りつぶされていく。本能の赴くまま腰を動かし続け、僕は彼女の両足でしがみつかれるままに奥まで突き上げるとともに盛大に射精していた。

「ッ～！　………………！」

すべてが溶けゆく快感の中、それでも自分の中から命そのものが溶け出すようなすさまじい快楽が走る。迎え入れ飲みこむような膣内のうねりがさらにそれに拍車をかけていき、声にならぬ声を押し殺し、僕は最後の最後まで彼女の奥底へと精を放っていた。

「ああッ……。ああ……あ、ああ――」

しがみつくように縋る彼女から、やがて力が抜けていく。お互い深く荒い息をつきながら、身を寄せ合うようにぐったりと抱きしめる。彼女は僕の背を抱きしめ返してくる。

たまらない幸福感に泣き出しそうになる。

◆　◆　◆

思い出す。

これは僕がひとりの女性と結ばれこの世界で生きることを決意した、いくつかある人生のうちひとつの物語――。

第一章　江都の桜

1

川面を撫でる風が傷から灼熱を奪っていく。

右手は土塀、左は白壁。桜の花びら舞い散る神太《かんだ》の川縁で、なぜか鉄錆の匂いを感じながら息を荒くしている。

最初に感じたその匂いと痛みの中、『斬られた』という実感が脳裏に去来し、心拍は跳ね上がる。ここまで息が上がっていたのかと、そのとき初めて気が付く。噎びに近い荒々しい呼気、肺腑へ無理やり空気を送りこむような吸気。

痛みはそのあとにやってきた。

真っ向からの斬撃を避け損ねたのか、左胸から脇腹にかけて五寸ほどの傷。切っ先が掠めた程度だが、深さは筋まで届いている。

応戦せねばと右手を――。

「くっ！」

思いのほか体を崩していたのか、右膝を地に屈して歯噛みする。このままでは隙を斬られるという剣士としての焦燥と、なぜ自分が――僕がこんな刃傷極まる場にいるのか、理解が追いつかなかった。めまぐるしい状況の変転に「なにが起こった」と口にする前に、血の味がする唾液が咳とともに口内に。

ああ、鉄錆の濃い匂いはこれかと、なぜか冷静になったのと同時に、死への恐怖が臍下から胃の腑へと這い上がりかける。

そのときだ。

「ノブユキ、しっかりしろ！」

僕の名を呼ぶ強い声。

「お前には護るもんがあるんだろう！　ここで屍《しかばね》をさらすつもりか⁉」

声に促されるように視線を跳ね上げる。

——刀？

晦日近い暗い月夜、その刀は茫とした仄明かりを纏《まと》い、切っ先を地に埋めたまま柄頭をこちらに向けるように立っていた。

抜き身の刀だ。

すべての疑問や戸惑いがその瞬間脳裏から消え去った。自然に伸びた右手で刀の柄を取り、反り深い刀身をスンと引き抜く。

柄前が手に馴染む。

この一刀を手放すわけにはいかない。果たして僕の意志か刀の意志か。

俯瞰。

そのとき、自分が自分の背中越しに自分自身を見ているような錯覚に陥る。意識のズレ

ではないかと思えるような、一瞬だが、即座にそれは剣士としての感覚だと知る。

「誰も傷つけない約束だったはず。待ってください！　契約に反します、匕首《あいくち》を引いてください」

女の子の声？

血風漂う場に不釣り合いな声に、僕は殺気の数が複数自分を囲んでいるのを観た。月と川を背にしているふたりのうちのひとりの声だ。押さえようとしたその声を無視し、おそらく匕首——一寸に満たぬ刃を構えているのが、僕を斬った男だろう。

容姿は捉えきれない。

「越後屋《えちごや》の番太《ばんた》は手練れだ、ここで殺しておかねえとあとが厄介なんだよ」

越後屋の番太——というと用心棒か。それが、僕？

疑問に思うことすらいまの僕には難しい。

観の目こそ働いてるが、視覚そのものは霞みがかっているように覚束ぬままだ。出血か、はたまた。

複数の黒い影を感受するのがやっとだった。

ああ、囲まれたな。

覆面をした男たちがなにやら言い争うように言葉を交わしているのを感じつつ、僕は両足に力をこめる。

匕首、血の跡が微かに付いた匕首を持つ男。僕を斬ったそいつがなかなか間合いを踏みこめずにいるのは、僕が刀を手にしたからだろう。

ナイフで斬られた？　僕は殺されるのか？　なぜ？　どうして間合いに入られて斬られたんだ？　どうしてだ？

僕としての疑問と剣者としての疑問が湧き上がると同時に、ふたたび恐怖が腹の中に貯まってくる。

「おにぃ、ちゃん……」

……。

か細い声が、背後から聞こえる。

聞き覚えのある声。ああ、自分はこの子を守るためにこの場にいるのだなと、瞬時に理解した。

その声に後ろを伺うと、ああ、なんてこった、倒れ伏すその子は着物を血に染め意識を失っている。か細く僕を呼ぶ声――。

「珠樹《たまき》」

妹の珠樹が倒れている。意識を失い、その着物を血に染めて。その事実に、僕の中でなにかが切り替わる。

大きく息を吐き、緊張でガチガチだった肩から四肢末端までを瞬時に脱力させる。痛みなんかは、意識の外だ。

「今ひとつ状況が掴めないが」

僕はそのまま真っ直ぐ立ち上がる。

「珠樹を護らなきゃな」

胸元に刀を垂直に掲げながら、左手を柄の末端近くに。両手でしっかりと構えながら全身を奮い立たせる。

ここでなにもわからず終わるわけにはいかない。あの子を護るという兄の務めを果たさねばならない。

「ようやく目覚めたかノブユキ」

僕を呼び覚ましたあの声が再び聞こえる。きっと心の声だろう。血を流しすぎた。早く決着を付けなければいけない。

「珠樹は無事だぜ、お前がその身を挺して護ったからな」

「あんな状態で無事もないだろう」

心の声をたしなめる。身を挺して？　当然だ。トラックから珠樹を救うために僕は道路に飛び出して――。

トラック？

疑問を無理矢理呼気とともに意識から追い出す。

「この野郎、もう立ち上がりやがった」

男たちがナイフ――短刀？　匕首か。どうでもいい。武器を片手に周囲を固め、にじり寄ってくる。等間隔。二、三人が同時に斬りかかってくるのだろう。

なにをすればいいのか、刀を手にした瞬間からわかっている。

凪いだ水面に映した月影のような心境の中、相手の動きを感受する。兆し、起こりを待つ。

「……相手は手負いだ。畳みかけろ！」

そうくるよな。

しかし、囲んでいる者たちが同時に打ちかかれるということはない。なぜなら、攻撃対象である僕自身が兆しに対応して先んじて動けば、相手たちとは等間隔ではなくなるからだ。

「くたばれっ！」

後ろからの接近もわかっている。

構わず前に進み、突き出される匕首の外から被せるように刀身を男の右手に打ち落とした。

動きを押さえる程度の斬撃だが、殺傷そのものより戦闘力を削ぐことが大事だ。

匕首を落とした男がひるむや、背後に迫る男に素早く向き直る。ジリジリとこちらが間合いを詰めると、囲みも不格好に広がり離れ始める。

不意を打たぬ限り、同時攻撃は難しいものだ。

「近づけねえ――」

男たちが呻く。

「やりやがったな⁉　た、ただじゃおかねえ……」

右腕を切られた男が怨嗟の声を上げるが、それを遮ったのは川辺の女の声だ。

「無益な殺生はやめてください！　……時間をかけすぎました、ここは退きましょう」

女――小柄な黒頭巾が場を収拾しようとしている。しかし、手負いの僕に数こそ有利と観ている男たちはやる気満々だ。

「そうはいかねえんだよ――」

そうか、まだやるのか。

僕は倒れる珠樹を護れる範囲におきながら、ゆっくりと息を吐く。気は静かだが、血が昂ぶってるのか、まだ戦える。

男たちが間合いを詰め始めた、そのときだ。

ヒュンという風切り音を聞いたと思うや、背後の男が苦鳴を上げる。

何事かと男たちが武器の切っ先を僕に向けたまま声のほうを振り向く。

視線は橋のたもと。

そこに、鮮やかな人影を観た。

「ひとつ、人の世生き血をすすり……」

呟くその人影――剣士だ。舞い散る桜の化身かと思ったほど、鮮やかな姿の剣士だった。刀を八双に構え、たったいま打ち据えた男の背後から向き直る。

「ふたつ、不埒な悪行三昧……」

周囲を威圧するように、もう一歩踏みこんでくる。

「みっつ、醜き江都《えど》の鬼を……」

その踏みこみに男たちの囲いが千々に乱れる。気圧されたような無意識の後退だ。

「退治てくれよう、桃太郎ッ！」

数え口上とともに完全に間合いを制した桜色、いや、桃色の女剣士。たすき掛けの着物を翻《ひるがえ》し、剣を担ぐような中段に構える。

――強い。

そう感じつつ、僕はこの間合いを崩さぬよう注意しながら男たちの……いや、あの小柄な黒頭巾の動向を伺う。

「――！」

女剣士が踏みこむ。そこからはもう、一方的だった。打ち据えられた男たちは雷に打たれたかのように四肢を硬直痙攣《けいれん》させ倒れていく。

「お縄につくなら命だけは助けましょう」

静かだが強い気迫で申しつける桃色の剣士。これに、さすがの首魁も「退け！」と鋭く指示。

「気を付けろ！」

僕は首魁の号に呼応した黒頭巾が懐からなにかを取り出すのを観た瞬間、女剣士にそう叫んだ。

黒頭巾が懐から投擲したのは煙幕だった。

「きゃあ！」

彼女の短い悲鳴。

外連には弱いのだろうか、彼女が躊躇《ちゅうちょ》するうちに周囲からは人の気配が離れていく。僕は剣を構えたまま、しかし、周囲に気を配っていたが、ひとつ強めの風が煙幕を吹き流したときには、悪党らの姿はなく、かわりに町火消しの男たちと、見慣れぬもうひとりの少女の姿。

「無事か、義坊！」

晒巻《さらしまき》の胸元を粋に広げた法被姿の少女が、女剣士に声をかけると、彼女も周囲の状況を把握したのか「お辰《たつ》!」と法被の少女を呼ばわった。

女火消しと……女剣士か……。

「逃げ足の速い連中だぜ」

「逃しましたか」

「あいつらが例の『かみかくし』で間違いないでしょう」

かみかくし?

どこか遠く、そんなことを思いながら僕は自分が月を見上げているのに気が付いた。いやちがう、倒れたんだ。いつ倒れた? まだ倒れるわけには……死ぬわけには……。

「おいキミ、しっかりしなさい!」

女剣士の声。

僕よりも、妹を。珠樹を。妹を助けて。

——。

微かな気配。

よかった。これで思い残すことはなにもない。

僕の意識はそこでぷっつりと途絶える。

◆　◆　◆

享保《きょうほ》年間、新本橋《にほんばし》。泰平の世が続けども、日陰の鬼は潰えず夜闇に乗じて人を襲う。

されど悪の栄えた例しなし。

これが、僕が……僕らが生きた江都の、とあるひとつの物語の始まりだった。

2

近所の桜並木を見上げ、妹の珠樹と嘆息を漏らしていた。

「入学式に間に合ったね」

「僕が入学したときは散ったあとだったからね。年々開花が遅くなってきてるみたいだな」

風。

桜が散る……桜吹雪だ。その花びらのひとつに手を伸ばしながら、珠樹が掌に載ったそれを僕に見せてくる。

「桜の花びら、げっと～！」

つまむわけでもなく、優しく載せたそれを両手で包むようにする妹。

「樹脂で固めて、イヤリングにするんだ。花びらのアクセ、流行ってるんだよ？」

「若者の感覚はわからんな」

「二歳しか違わないのにジジくさいこと言って。ふーりゅーを愛する心はないのですかお兄ちゃんは」

二歳の違いはでかいのだ。あと、男女の違いとかもね。

「新本人ですかほんとに」

「珠樹のほうこそ『ふーりゅー』の意味わかってるの？」

「ワサビのことでしょ？」

「詫び寂びな。安定のボケをまぁ。座布団没収だ」

ただ風が流れる中にも四季折々の気配を感じる、それが風流。

「ワサビだけに辛い評価～！」

「一枚返そう」

「あざっす！　……ちなみにイヤリングはオークションに流します。いい稼ぎになるんだなこれが」

風流はどこに？

珠樹はコンパクトミラーの中に大事にそれを仕舞いこむと、「ここなら落ちないよね」と呟く。珠樹のお母さんが遺した形見のコンパクトだ。なにがオークションだか。作ったイヤリングは自分で使う気なのはそこから窺える。

「そっか、珠樹も入学かあ」

「だねえ」

珠樹がうちに引き取られて十年ということになる。ま、事情はいろいろ複雑なのだ。

「しかしいい日和だなあ」

こんなにいい陽気だと体の調子もいい。僕はあまり体が丈夫なほうじゃなく、崩しがちだ。こうやって珠樹とならんで歩くなんてのもあまりできないくらいに。

　だから時折妹が僕を気遣うように見るのも、ま、仕方がない。排気ガスにむせただけで病院に担ぎこむ勢いだものな、この妹さまは。

「名所だけに車も多いな。ちょいと車道から離れて歩くか」

「そだね」

　珠樹は嬉しそうに僕の左腕にしがみついてくる。腕を絡ませるというにはちょっと無邪気な感じだ。……柔らかいものが当たってなければの話だが。

「なにやってるの珠樹さん」

「こうやって甘えないとお兄ちゃんのほうから甘えてくれないでしょう。将を射んと欲すればまず己からっていうでしょ？」

　言わないな～。

「ほらほら、お兄ちゃんも甘えていいよ？　優しく介抱してあげるから～」

「つらくなったらね」

　ぺいッと引き剥がして、それでも隣り肩を並べながらゆっくり歩く。

「ね、照れてる？　照れてる？」

「今日から入学の妹がブラコンって思われたりしたら嫌だな～って」

「いいじゃんいいじゃん～！」

「おかしな噂立てられたら嫌だものなあ。下手したら僕がシスコンって思われたりするるじやないか」

「いいじゃんいいじゃん～！　それこそいいじゃん！　……え、嫌なの？」

「そりゃあマズいでしょ」

血が繋がってないんだもの——とまでは言えなかった。

「じゃあ積極的にシスコンだって噂を広めるか」

「そんな噂流されたら彼女できなくなるじゃないか！」

「妹の目が黒いうちは彼女なんか作らせません！」

横暴な。それだと一生独り身じゃないか。

「あたしのお兄ちゃんは誰にも渡しません」

「ブラコンじゃないか」

「ええ～、今更いう～？　ま、これが珠樹ちゃんですし？　エッチな妄想したいときはいつでもご利用くださ——ぁ痛あ！」

「人前でそんなこと言ったらデコピンじゃ済まさないからな？」

「おろしたての制服なんだから少しくらい妄想してよ、も～！」

珠樹はそこでくるりと一回転。スカートがなびく。

「見蕩れた？」

「少しね」

苦笑交じりに答えると、やや納得したのか珠樹もフフンと鼻を鳴らす。

やや照れくさいので、足早に横断歩道を渡り始める。珠樹はそんな僕を追いかけるように渡り始め――。

「え……？」

時間が止まった。

そうだ、これは僕の記憶だ。

あたたかい陽射し、眠気を誘う陽気。ふと見上げ続けてしまう綺麗な遅咲きの桜。

信号に注意がいかなかったトラックが速度を落とさずに横断歩道に突っこんでくる。

考えるより体が先に動いていた。引き寄せる暇はない。彼女を助けるため、僕は思い切り突き飛ばさんとして――。

記憶はスローモーションで再生される。

跳ね上がった心拍が心臓を締め付け、突き出した腕が珠樹まで届かない。

立ち尽くす妹はトラックではなく僕を見ており、白い着物を血で染め、夜の神太で倒れて――僕は……斬られて……桃色の剣士が……。

珠樹に手を伸ばし続け、その刀の柄を取って、立ち上がり……。

「僕が珠樹を護るんだ」

その誓いのあとはよく思い出せない。

強い衝撃。珠樹のコンパクトが刎ね飛び、中空で開き――あの花びらが一枚、一瞬目を奪い、鏡面の反射か目映い光を見たかと思った瞬間。

……。

「珠樹っ！」

そして僕は、見知らぬ部屋で目が覚めた。

◆　◆　◆

線香の残り香が跳ね上がった心拍を宥めるようにくすぐってくる。

「ここは――」

どこかの仏間らしき十畳ほどの部屋に敷かれた布団から体を起こそうとしたが――。

「きゃん！」

不意に、記憶と意識が繫がる。

起こそうとした上体、胸元から脇腹の痛みと消毒用のアルコールらしき香りがツンと活を与えてくる。

「もう、お兄ちゃんったら大胆なんだから♪」

「なんで僕は珠樹と布団の中で抱き合いながら寝てるんだ？」

「お・は・よ♪　お兄ちゃん」

「いや、なにしてるの珠樹さん」

「お兄ちゃんを介抱してるんだよ。……すりすりすりすり……はぁ～」

ちょ、痛い痛い。

「妹の愛で癒された？」

「……とにかく離れなさい。シスコンの噂を立てられたらたまらない」

「いいじゃんいいじゃん」

と言いつつも、珠樹は傷を慮るように離れてくれる。……斬られた傷が、手当てされてるな。包帯というか、きつめに晒が巻かれている。

「三日ぶりにお話しする妹の気持ちも考えてくれると嬉しいのですが」

三日ぶり？

「――そんなに意識がなかったのか。ここは？」

「小石川養生所《こいしかわりょうようじょ》。病院みたいなとこ」

「……病院？　トラックにはねられて入院？　いや、斬られて……ん？　木造の病院？　小石川？」

珠樹がそんな僕のそばから顔を覗きこん

でくる。

「大丈夫？　お兄ちゃん」

「僕はいい。お前は大丈夫なのか？」

「大丈夫といえば大丈夫なんだけど……。お兄ちゃんが護ってくれたから軽い怪我で済んでる」

よかった。珠樹になにかあったら僕は……。

「ふへへ。弱ってるお兄ちゃん可愛い。役得役得」

珠樹は血で汚れた着物じゃなく、真新しい綺麗な着物で……。ん？　なんか違和感があるな。制服じゃない。着物？　木造の病院？　しかしこの反応、確かに妹の珠樹だ。でも、この状況は？

「ちょっと待った、珠樹、事情を話してくれ。いったいあれからどうなったんだ？　というかなにがどうなってるのかさっぱりなんだが……」

「ああ、それなら――」

たしなめつつ問うと、珠樹はいったん離れ、居住まいを正すようにすると「う～ん」と小首を傾げる。うまく話そうと自分でも整理してるんだろう。

さていったいどんなものかと待っていると、障子向こうの廊下を歩いてくる気配を耳にする。足音は軽い。

「失礼しマース」

と、ひと声かけて入ってきたのは……金髪？　おまけに若紫色の着物の上から白衣を

着ている若い女性だ。やや癖のあるイントネーションだが流暢な日本語だ。

「庄船《しょうせん》先生、おはようございます」

そう返す珠樹。どうやらこの人はショウセン先生というらしい。新本人なのかな？

「ハイ、タマちゃん。おはようございマース」

まあ、さすがにちょっとだけ怪しくはある。

そんなことを思っていたら、視線がこちらに。探るような目がしかし、ふっとゆるむとひと息ついて微笑む。

「あらあら、本当に目覚めてマスね。よかった、これでひと安心デス」

担当医……なのかな？　彼女は床側に正座するとゆったりとした雰囲気で挨拶をしてくる。

「初めまして。ワタシは小石川庄船と申しマース。この養生所のショッチョサンを努めていマスので、コンゴトモヨロシク」

「お世話になります」

居住まいを正そうとしたら手で優しく制された。このような身なので配慮してくれたのだろう。小石川、そして養生所、所長さんということだろうか。どうやら偉い人みたいだ。

「傷の様子を見ますヨ。痛かったら我慢ネ」

有無を言わせぬ言葉の間積もりと手際だった。

頭蓋周辺や、件の裂傷あとなどを診たあと、晒などを交換し、綺麗に巻き直すと綺麗な碧眼で見つめてくる。

……美人だな。

「自分のお名前言えマスか？」

「宮本《みやもと》信行です」

これは質問に答える以上に、自分自身に言い聞かせるように口にする。

「宮本信行、趣味は特撮ドラマを見ることです」

「お住まいは？」

「統京都千世田区《とうきょうとちよだく》。ご当地ヒーローはメイデンです」

「倒れる前のことは覚えていマスか？」

「トラックにはねられて？　いや、時代劇を見てたかも？　いや、でもこの傷は……」

刃物傷。それに自分も刀を取って戦った記憶。あれは夢？　いや、しかしなあ。

「フーム？　名字も違うし意味不明なことばかり言ってマース。こりゃ参ったネー」

名字を間違える？　いや、そんなはずは。

「記憶の混濁が見られマース。お薬出しておきましョね。……打ち所が悪かったんデショー」

最後は珠樹に向けた言葉だが、妹は否定せずに曖昧な笑顔で頷いている。

「はい、お薬デス」

胸の谷間から薬包……五角形に畳まれた紙に入った薬を取り出す庄船先生。差し出されたそれを受け取るのは珠樹だ。……そこから出すの？

「痛み止めのカンポーです。ひとまずコレを飲んで養生してくだサーイ。……ネ？」

最後は僕に向けた念押し。

「頭によく効くお薬を処方してきマスね。タマちゃん、あとはお願いしマス」

「はい、わかりました」

さて、果たして庄船先生は僕の頭の薬を作りに席を外し、残ったのはなんとなくこの変な事情を伺い知っていそうな妹と僕だけとなった。

「とりあえず、お薬飲もうか。苦いけど大丈夫？　ぎゅってしてあげようか？」

「ぎゅっとしなくてもいいが、聞きたいことが山ほどある」

「だよねえ」

ちょっとどうしようか迷ってる顔。うまく説明できないのかもしれない。珠樹だし。

「そいつはオレが説明しよう！」

「誰だ⁉」

……突然、男の声。おそらくは男の声。ここには僕と珠樹のふたりだけなのに、近間から聞こえてきた。不思議と知らない声ではないようだったが、側の珠樹はさほど驚いてはいない様子だった。

「いまのは？」

誰何《すいか》を逡巡する僕。そんな自分を珠樹はついと目線で促す。その先にあるのは、枕元。そこには鞘込めの新本刀が横たえられていた。

「それ」と、珠樹。

それ？　って、刀？　黒塗りの鞘に納められたこれ？　……しかし、見覚えがある。この柄前は、記憶にある。

「夢の中で一緒に戦った刀か」

「そいつは夢じゃねえぜ」

やや嬉しそうな声が返ってくる。刀からか⁉

「刀から声が⁉」

「最初はそういう反応するよね～。あたしはもう慣れたけど」

ス、スピーカー付きのおもちゃ？　どこかから話しかけてきてるのか？

「驚くのも無理はねえ。だがまあしかし、『そういうもん』として受け入れな」

そ、そういうもんて。

ひとまず納得はおいといて、理解はしてみよう。そして刀は自己紹介を始める。

「オレの名は『烈斬《れつざん》』！　天下に名を響かせる霊刀、大烈斬光正《みつまさ》だ！」

「おやすみ。まだ寝ぼけてるみたいだ」

「あ、この野郎、現実逃避しやがったな？　珠樹、やっちまえ」

「あいあいさー！」

「あッこら珠樹、ちょ、待――くすぐるな！　き、傷が！　痛たたたたた」

「おっと、やりすぎた。でも痛みを感じてるってことは夢じゃないでしょ？　妹のテクで感じないならもっと激しくしちゃうぞ♪」

僕は観念した。

さて、妹の指で感じた云々はおいておこう。いまはこのしゃべる刀、烈斬だ。

「よおし、じゃあよく聞けよ？」

さて。

彼、烈斬が話した内容は一回で理解できるものではなかった。

時代は享保年間、元禄《げんろく》文化とされる江都時代の華やかな一時代。徳河《とくがわ》八代将軍の治世といえば、馴染み深い。

僕らが生きていた時代から三百余年前。

「つまりノブユキ、お前は『たいむすりっぷ』したんだよ」

「むかしの時代の刀なのによくそんなタイムスリップなんて言葉知ってるな。しかしそんな冗談……………。珠樹？」

ここでびっくりタネ明かしとくるはずが、当の珠樹も神妙な顔で伺ってくる。え、ほんとなの？

「マジで？」

「マジで」

真顔で訊ねたら真顔で首肯された。

「え、ぼく江都時代にタイムスリップしたの!?」

「驚くのが遅い」と烈斬。

「驚くの遅いなあ」と、これは珠樹。

ふたりともため息をついてる。烈斬も刀なのに器用なもんだ。

「天国でも異世界でもなく、ほんとに三百年前の新本、江都の町なの」

言われてみれば納得だ。木綿の着物に家の造り、調度品、デザインこそ古いが品物自体は草臥《くたび》れたものでもない。

空気の入れ換えで開けてある障子の向こうには、髷を結った男性が往来してるのが見える。僕ひとり驚かせるにしては大仰な仕掛けだろう。

「しかしなんで」

独りごちる僕に、烈斬が同情するような声音で重ねてくる。

「オレも驚いてんだよ。気が付いたら主の体にお前さんの魂が乗り移ってたんだからよ」

「魂が？」

「おう。魂のたいむすりっぷ。この時代に生きてる侍の体に、おまえさん憑依してるんだよ。まったく、なにがなんでそうなったかわからねえけどよ」

厳密なタイムスリップではない……ということか。魂が過去に飛ばされた？

「じゃあ元のこの体の魂は」

「わからねえ。くたばったのか、それとも……」

この肉体は他人のものなのか。

そんな僕に、珠樹が手鏡を差し出してきた。そこに映されているのは——僕だ。しかしなんだろう、慣れ親しんだものに見えるが、違和感がある。歳が違うようにも見えるし、怪我を負ってるとはいえ血色もいいように思える。

「その体の持ち主は、神泉伸幸《かみいずみのぶゆき》。伊瀬《いせ》国は松阪《まつざか》で生まれた武家の三男坊。読みが同じ『ノブユキ』なのも縁だろう。そう呼ばせてもらうぜ」

「だから名字が違うといってたのか」

思い至ると、珠樹の身も同じかと気が付く。

烈斬はそうだとばかりに話を続ける。

「珠樹の体の主は、三衣環《みついたまき》っていう娘のもんだった」

「驚いたでしょ」

言葉を継いで珠樹がにやにやと。

「雰囲気が違うと思ったんだ。言われれば納得だよ」

よもやふたりとも別人の肉体を借り受けているとは。顔も名前もそっくりという因縁、なにかあるのだろうか。

「元に戻る方法は？」

「魂が乗り移った理由共々、わからねえ」

申し訳なさそうな烈斬。……確かにその理由はわからないが、魂が肉体から離れたきっかけはなんとなくわかる。僕らはトラック。そして神泉さんらは、あの夜の戦いだ。

「現実を現実として受け入れて、まずは落ち着け。薬が効いてきたらひと眠りしな」

「受け入れた上で、今後どうするか考えよう？　ね、お兄ちゃん」

「珠樹にお兄ちゃんといわれると、自分が自分だって感じがしてなんか安心するよ。……しかしそのとおりだ」

「だがしかし手がかりはある」

と、烈斬は「微かなものだがな」と前置いて僕らにそういう。

「この手鏡なんだけど」

珠樹がそう継いで差し出したのは、先ほど僕の顔を映したあの手鏡だ。

「これは――」

先ほどは鏡面だけで気が付かなかったが、この掌サイズの手鏡は……。

「陰陽魚の意匠に、折りたたみ式の。これは、あのコンパクト？」

「同じ物なんだって。この手鏡は環さんのものでね。あたしが持ってたのは、三百年の間に回り回ってきたんだろうって」

「同じ物なのか」

……これは、縁だろうか。

「由来も名前も定かじゃないが、それは『秘宝』で間違いない」

「お兄ちゃん、オーパーツって聞いたことない？　その時代にはないような技術で作られた遺産とか出土品とか。古代文明の遺産とかああいったもの」

烈斬も「似たようなモンだな」と苦笑してる。

「トンデモなお宝がこの世にはあって、その総称が『秘宝』。妖術道術なんでもござれ、空も飛べれば炎も出せる。種がなくても力を発揮できる仕掛けそのものが、秘宝ってわけだ」

「そんなものが本当にあるのか――」

「星の海を渡る船、不老長寿の桃なんてのもあるし、中には『時を渡る秘宝』なんてのもあるだろうよ」

「にわかには信じられないね」

だがしかし、珠樹は僕を烈斬に促すと、ため息交じりにこういう。

「しゃべる刀があるのに？」

「ここにきていちばん納得いく答えだな」

「秘宝に関わった以上、常識に囚われないほうがいいぞ。意思疎通のできる刀なんて常識じゃあり得ないだろぅ？」

慣れた反応なのだろう。烈斬は泰然とした返しだ。

「江都時代に、オーパーツ？　いや、日常的に存在する『秘宝』？　聞いたことないな」

「常識で考えるな。ホントの江都時代は、腕っ節と秘宝が物を言う時代ってことさ。驚いたろ」

事実は小説よりなんとやらか。

実際に、こうして不思議な力でタイムスリップしてるわけで。納得はしておこう。でなければ前に進めない。

似た顔の男女が、似たような手鏡を持っていて、似たような状況の中にいた。偶然にしてはできすぎた話だ。だからこその現象なのかもしれない。

「この手鏡が、ふたつの時代を繋げる鍵か」

「縁ともいえるな。賊に襲われたときにとつぜん光が溢れてな。あんとき魂が乗り移ったんだろう」と烈斬。

ほかの要因があるにしても皆目見当が付かない。

「まずは体を治し、『秘宝』を元に情報を集め、今後を決める。そうなるのかな」

「だねえ。ま、お兄ちゃんの目が覚めたからあたしはひと安心だよ」

状況証拠だけだし、なんにせよ、わからないことはわからない。だから秘宝を元に足場を固めよう、ということだ。これから調べるほかはない。

「あたしも手伝うよ」

「ありがとう珠樹」

「話は決まったな。オレも手伝うぜ」

「烈斬、いいの？」

「当たり前田の慶次郎。江都の町も物騒だって身に染みてるだろう？　この烈斬、相棒として頼もしいんじゃないかと自負するところよ。お前に死なれると真影流《しんかげりゅう》を後世に残せないからな」

神泉の興した剣、真影流。元のこの体の持ち主が代々受け継いできた剣術の流派らしい。

「力を貸す代わりに、『神泉伸幸』として振る舞ってくれ。伸幸の魂は行方知れず、話の決着が付くまで相身互いといこうじゃないか」

烈斬は鞘を揺らすようにカラカラと笑う。

そんななか、話の区切りを見計らったかのように近づく気配。庄船先生だ。

「おっまたせしましたー」

「なんだ庄船先生かよ、あせらすな」

「烈斬さんもオハロ～」

このふたりも知り合いみたいだな。しかし話す刀に動じないのは、秘宝華やか江都文化ってことなのだろうか。

目が覚めたときはあんな感じだったし、『伸幸として振る舞え』って念を押されたということは、僕らの事情は庄船先生に伝えてはいないのだろう。確かに、いくらしゃべる刀は受け入れても魂のタイムスリップはなかなかかね。

「はいコレ、頭がハッピーになるお薬デス。食後に飲むのオススメです」

いいのかこの薬。

「あと、ノブさんにお客さんデース。――ムネさん、入っていいデスヨ」

先生が廊下に声をかけると、部屋に入ってきたのは桃色の姿。

「失礼します」

ひと声かけて控えるその姿は、見紛うことなき、あの夜の剣士、そのひとだ。

「よかった、お元気そうで」

そして彼女はひとつ微笑み名乗る。

「私は『徳田義宗《とくだよしむね》』。貧乏旗本の三女……となっております」

百合の花が咲いたような華やかさ。

見蕩れつつ、僕も名乗る。

「神泉伸幸と申します」

これが僕の、宮本信行が神泉伸幸として振る舞い始めた最初のひと言だった。

3

貧乏旗本とは思えない装いの彼女は、どうやら珠樹ともそれなりに面識がある様子だった。三女というのも怪しいところだが、腹を探られると痛いのは同じようなもの。ここは流しておこう。

「ムネさんは自ら危ない橋を渡ろうとする変わり者デス。命知らずな向こう見ずともいえマスね」

　庄船先生太鼓判の変わり者か。ともあれ、この診療所との繋がりもそれなりにありそうだった。なにせここに担ぎこんでくれたのは彼女にほかならないとのことだ。命の恩人、足を向けては寝られない。

「ムネさんは道場でも敵なし、腕も乳首もたちマスよ」

「そんなところは立ちませんッ」

　外国ジョークは相変わらずなのだろうか。

「先だっては、ありがとうございました」

　改めて礼をいうと、彼女は慌てた様子で首を振る。

「無茶をしなければ生活には支障はないと伺いました。ご無事でなによりです」

　それで、お見舞いに来たのか。それだけじゃないのだろうということは察することができる。

「お話を伺ってもよろしいでしょうか」

「あの夜のことですね？」

　話が早い。腹の探り合いよりも本題を選ぶあたり、性格が窺えそうだ。

　僕は座るよう勧めるが、そこで待ったをかけたのが庄船先生。

「物騒なお話デスか？　だったらお外でしてくだサーイ。ここは奉行所じゃありませんヨ？」

　養生所は休む場所、言われればもっともな話だった。

「お薬は多めに用意しマシタ。足りなくなったらまた来てくだサイ」

……思いのほか元気なようだから、ほかの患者のため出て行くほうがいいのだろうということが察せられる。いつだって、病床と患者の数はせめぎ合うものだものね。

「ありがとうございます、お世話になりました」

着物を羽織り、袖を通す。痛む体を起こし帯と袴を締める。不思議とそのあたりの所作が自然とわかるのは驚きだった。

ふたりとともに、烈斬を腰に養生所を出たあたりから駒込へと向かうと、どうやらそこに長屋があり、神泉仲幸さんが住んでいたという。

とにもかくにも、生活の拠点があるのはありがたい。江都の北端、田園が目立つ栄えているとは言いにくい土地だったが、そこはそれだ。

だが向かう先はそこじゃない。神太は新本橋だ。そこに行く道すがら、僕と義宗さんは本題ではなく世間話でお互いの距離を測り合う。

「小石川養生所は幕府が建てた無料の診療所なんです。先年、庄船先生が中心となって流行病を止めるために設立されました。ホランダ国から来た女医さんです。驚きましたか？」

「独特な新本語で驚きました」

「外国は女性の社会進出に大きな壁がまだまだあるようで、女性の地位が向上しつつある江都に越してきたんです」

外国人が永崎《ながさき》を離れ将軍のお膝元には、そう簡単には越してこられないだろう。設立の話もあるし、余程の実力者なんだろうか。

「確かに江都って暮らしやすいよね。住みやすいというか意見を通しやすいというかさ」

　珠樹がそう言うや、「おめえが空気読まねえだけじゃねえのか？」と烈斬の突っこみ。

「そんなことないよ、これでも気を遣って生きてるんだからね～」

　そんな話をしていると、どこぞの寺から鐘の音が。昼九つ、烈斬曰く正午とのこと。もうそんな時間なのか、少し急がなくちゃね。

　そのまま案内をしてもらい、水気を鼻に感じ始めると、僕はさすがに嘆息した。

「時代劇の世界に迷いこんだみたいだ」

　河川流通の街並み、川と水路と小舟と橋。しっかり治水された石の堀。拓けた場所だけに、これぞ江都という景色が一望ときている。

「あたしも最初来たとき感動しちゃったよ」

　珠樹も首肯しつつ、あたりを見回している。往来する人々はみな着物姿。木造家屋が建ち並び、町角には火消し用の水桶が。

「空が高い。高い建物も電線もないからかな」

そんなことを思ってると、町ゆく人々が義宗さんを見つけると親しげに近寄ってきて挨拶や言葉を交わしている。老若男女問わずだ。

「徳田さま、見回りいつもありがとうございます」

「いえいえ、見回りは好きでやっていることですから」

謙遜しているが、嫌味なところはない。

好かれてるんだなあ、江都の人たちに。

「珠樹、義宗さんてムネムネさまってあだ名で呼ばれてるの？」

「小さい子たちにね。それいったら怒られるよ、義宗さん気にしてるから」

なるほどなあ。

ともあれ、好意的に受け入れられてるのは雰囲気でよくわかる。

ふと見れば、大きいお城。高い建物はあれくらいか。江都城、なんだろうな。

「五十年前に焼け落ちた天守閣を再建したばかりなんです。立派でしょう？　江都復興の象徴として愛されているんですよ」

不思議そうに城を見る僕の視線に気が付いたのか、義宗さんが隣りに並びそう話してきた。その視線は実に誇らしげで、優しい色を浮かべている。

過去、丸山の火事であのあたり一帯は壊滅的被害を被ったらしい。人口密集地の江都はどうしても道幅を取りにくく、延焼を食い止めにくいのだとか。それはいまも変わっていないらしく、『火事と喧嘩はなんとやら』といった具合の言葉となり残っているのは僕も知っている。

「私が来たからには、もう大火事などは起こさせません！　め組と組んで新しい防火対策を考えているんです。話が進めば、江都の町はもっと住みやすくなるでしょう！」

「あ、はい、わかりました。徳田さん、わかりましたからもう少し離れていただければ……」

か、顔が近い。

興奮すると周りが見えなくなるタイプかもな。

「あっ！　……し、失礼致しました。どうにも先走る質のようで」

「ああ、なんかわかるわ～」

納得したように頷いている。珠樹も珠樹で同類だものな～。

「ですが、江都城を知らなさそうなのは、やはり記憶を失ってるからなんでしょうね。先生が仰っていたとおり……」

「ええ、右も左もわかりません」

ここはそういうことにしておこう。

「それはご不便でしょう。私が力になります。江都は私の庭のようなもの、神泉どのの力になれると思います」

「家まで送ってくれるだけでもありがたいのに、助かります。その、さっそくですがひとつお願いがありまして」

「はい、なんでしょう」

「僕のこと、名前で呼んでくれないでしょうか。名字で呼ばれるのは慣れなくて」

神泉。だが、まだ慣れない。だけど信行（伸幸）ならまだ、自分だという実感がある。

「では私のことも義宗と。なんでも頼ってくださいね」

「ええ、いっぱい頼らせていただきます」

真っ直ぐな笑顔で返してくれる。これだけでいい人だと伝わってくる。

「むー」

と、むくれてるのが珠樹。なんでむくれてるのかと言われれば、察しが付く。

「そういうのはこの珠樹ちゃんの役目なんですけど～」

「なんで抱きついてくるの？　人前だよ……！」

「あ、その、自分の傷も癒えてないのに甲斐甲斐しく信行どののお世話をする珠樹さんの姿は何度も見ていますし、許嫁だそうですし、その、ええ」

ほら誤解させてる。

「目を腫らして寝ずの看病してたんだぜ？　珠樹に感謝しろよノブユキ」

「烈斬まで追い打ちをかけるのか……」

ありがたいことはありがたい。

「なるほど、だから目が覚めたとき側にいてくれたのか。ありがとう、珠樹」

「ま、ま、まぁね。状況が状況だったから。うん」

ひとりでいたら途方に暮れていただろうな。本当に助かった。

「助けるっていったらアレだ、オレも助けてやれるぜ」

腰間からカラカラした調子の声。

「烈斬が助けてくれるって、武器としてって話だろう？」

「オレは言葉だけでなく心を通じて主に技を伝えられるんだよ。心を通じて江都の常識を教えてやれるし、察してもやれるしときたもんだ」

「以心伝心じゃないか」

そういえばこの声はあの夜、頭に響いてきた声だった気もする。

「ひよっこでもオレを持てば剣豪の仲間入りってわけよ。まさに百人力、大船に乗った気でいてくれノブユキ」

「どうりで戦えたわけだ。ありがとう烈斬先生！」

「よ、よせやい照れるだろう……」

柄頭を撫でると思いのほか照れてる様子。

そんな烈斬との遣り取りをしていたら、嘗め回すような視線が……。

「ふむ、ご立派ですね」

義宗さんが僕の腰のあたりをジーっと見ながら思案顔。しかもご立派ですねって。

「お兄ちゃんこっち来て」

「なな、なに？」

珠樹に引かれて耳打ちされる。

「あの人、気を付けたほうがいいよ。お兄ちゃんのを狙ってるみたい」

「……ご立派なものを？」

「さっきから股間に熱い視線向けてるし！」

やっぱり？　しかもさっきからか。

……まだ見られてる。

「ほら露骨に見てるよお兄ちゃん！」

マジだ。ちょっと腰が退ける。ましてや「アソコがああなって、実に興味深い」とか納得顔だ。どこまで見られてるんだろう。

「あの、あまり見られると困るのですが」

さすがに釘を刺すや、義宗さんは自身の不躾な視線に気が付いたのかハっとして視線を外してくれる。顔真っ赤なんですが。

「も、申し訳ありません！　ご立派だったのでつい見惚れてしまいまして」

「やっぱりやばいよお兄ちゃん。お兄ちゃんの刀を鞘に納める気マンマンなんだ！　もちろんHな意味で！」

「いや、相手の股間を吟味するのは江都武士の倣いかもしれない、ここは慎重にだな」

我ながら苦しい言い訳。

「えっちな意味？　よくわかりませんがしゃべる刀が珍しいなと思っただけで。拵えも上等なものですし――」

あ、そういう。なるほど、烈斬が気になったのか。そりゃ人語を解するしゃべる刀、気にならないほうがおかしい。……気になるどころかびっくりしてしかるべきだと思うが、やはり秘宝文化ってのが根底に根強く流れてるんだろうなあ。

てっきり珠樹のいうとおり股間の刀のほうかとばかり。立派とかはわからないけど。

「なんだなんだ、オレは見せもんじゃねえぞ」

文句を言う割りには烈斬の口調は知ってたような口ぶりだ。知ってて黙ってたな？

「養生所では義宗さんと話さなかったのか烈斬」

「いい刀は口も鯉口も固いモンよ」

「ゆるゆるな気もするけど」

それはともかく、秘宝然とした所作はあらゆる意味で人目を引くからだろう。あんなこともあったしな。

「秘宝の刀なんですね。珍しいのでつい」

納得したかのように義宗さんは頷く。

「秘宝って、そんなに珍しいものなんですか？」

「いえ、しゃべる刀が珍しいというだけで、秘宝自体はよく見かけますよ。言葉こそ話しませんが、私の用いる『雷刀《らいとう》』も一族に伝わる秘宝です」

伝家の宝刀ってやつか。雷刀――そういえば義宗さんに斬られた男たち、雷に打たれたようになってたな。

「いや『雷刀』っつーたらよ、するってえとお前さんは……」

烈斬が珍しく恐る恐ると聞いてくる。

「烈斬どのはやはりご存じでしたか。どうかそのことはご内密に」

「ははーん、なるほどねぇ。わかったよ、貧乏旗本の三女さん」

「なんの話だい？」

「ノブユキにはまだ早ぃ」

カラカラと笑う烈斬。珠樹はというと当面僕の股間が狙われてないとなったあたりから一歩引いて聞いてる。聞いてもあまりわからないんだろうな、こういう婉曲な探り合い。僕もさ。

「そんなことよりノブユキ、手鏡について聞いたらどうだ？　秘宝に明るい者ならなにか知ってるかも知れねえぞ」

確かにそうだ。話の中「手鏡、ですか？」と促してきた義宗さんに珠樹があの手鏡を見せる。陰陽魚の意匠が施されたそれを義宗さんは手にし、一、二確認するとすぐに妹に返す。

「見覚えはないですね。……その手鏡がなにか？」

「あたしの大事な人からの贈り物なんですが、名前も由来もわからなくて。ただ、秘宝であることだけは確かなんです」

「お役に立てず申し訳ありません」

「いえ、お気になさらず」

秘宝からの情報収集も、長くなりそうな感じだな。

「ですが、秘宝について詳しい者に心当たりがあります。……ですが、彼女とは私、あまり馬が合わないと申しますか。しかしこれも人助け、こんど会ったら聞いておきましょう」

「助かります」

地道にいくしかないのだろう。

そんなことを話しているうちに、見覚えのある場所に差しかかってきた。桜舞い散る川縁、右手先には詫びた擬宝珠《ぎぼし》の木橋。

「……ここは」

「あたしたちが襲われた場所だね」

義宗さんが養生所で「聞きたいことがある」と申し出た本題が、おそらくここの一件だろう。

「日が落ちると人気も少なくなる通り。闇夜に乗じて珠樹さんを狙ったのでしょう」

義宗さんは川縁に屈みこむと、柳の根元や積石の端に残っている血痕を確かめている。

あれから三日経ってるというが、まだ残っていたのか。はたして、僕の血か珠樹の血か。

「同じような拐《かどわ》かしが立て続けに起きていまして。町方とも協力して調べを進めてはいるのですが――」

「手がかりは見つかってねぇってわけか」

烈斬が呟く。

「証拠を遺さず犯行を行うことから『かみかくし』と呼ばれています」

証拠を遺さず、か。あの夜見た小柄な黒頭巾を思い出す。血気溢れる男たちに自制を促していた黒頭巾。煙幕の腕もいい。まるで忍者だ。

「若い女の拐かしか。思いつくのは……まあろくなもんじゃねえな」

烈斬のいいたいことはよくわかる。今も昔も変わらない。

「養生所で聞きたかったことっていうのは、拐かしのことだったんですね。申し訳ありません、記憶もおぼつかぬ状態なのでお役に立てず」

「いえいえ」

僕の状況に配慮してくれたんだろうな。聞きにくかっただろうに。

「珠樹さんは狙われる心当たりがございますか？」

「あたし？　これでも大店の娘だから、それだけで狙われる理由になると思いますよ。それに加え、あたしが可愛すぎるってことも大きいかも」

シレっという珠樹に突っこみそうになったが、まあ可愛さゆえの犯行というのもあるだろう。

「烈斬、ツッコむの我慢したでしょ」

「いい刀は口も鯉口もってヤツだ」

「でも珠樹はすぐ図に乗るからツッコんでもいいよ」

「お兄ちゃん……！」

おっと、目が怖い。

「ともあれ、拐かす女性――珠樹さんを傷つけてしまったのは『かみかくし』側としても不測の事態だったのでしょう。信行どのが応戦した際に巻きこんでしまったものと思われます」

当時の様子を思い出すかのように見聞してる義宗さんが所見を口にすると、烈斬がひと息ついて首肯する。

「あたり。あの日はたまたま帰りが遅くなってな。――不意打ちで珠樹が人質になり、伸幸は手を出せずに斬られちまった。相手がとどめを誘うとしたところを環が庇って、な」

そうだったのか。

剣を抜いたはいいが、抵抗できずに斬られてしまったんだな。そして環さんも伸幸さんを庇って、あの状況に、か。

手鏡が発動したのはその状況か。

「私たちがもっと早く駆けつけていれば、おふたりに怪我などさせずに済んだのに」

「義宗さんが謝ることはないですって」

「そうですよ、珠樹を助けてくれて感謝してるんですから。気を失う寸前、妹を頼むと託したときに頷いてくれたのは覚えています」

「改めてお礼を言わせてください。あのとき駆けつけてくれなければ、お兄ちゃんは今頃……」

僕は珠樹共々、きちんとお礼をいい頭を下げた。僕も珠樹も、こうして生きて日の目を見てるのは彼女のおかげなんだ。

とはいえ、義宗さんも照れくさくて仕方がない様子なのでこのくらいにしておこう。

「すぐに駆けつけられたのは、見回りをしてたからですか？」

「拐かしの現場を押さえたくて。おふたりを助けられたのは偶然ですよ。いままでは、賊の姿すら確認できていませんでしたから」

町方と協力しての見回りとかいってたっけ。好きでやってるというにしては、責務のように感じてるんだろうことが伝わってくる。

「江都を護るのが私の使命ですから」

そうはっきりと言う彼女に気負いはない。そのように生きてきた証拠なのかもしれない。町の人にも愛されているヒーローなんだろうな。

「大きく出たねぇ～」

カラカラ笑う烈斬だが、揶揄というより持ち上げる感じがする色だ。

「私が江都に来たのが一年前。暮らし始めてすぐに、笑顔と活気に溢れたこの町が好きになりました。賑やかな会話がまるで唄のように聞こえてくるこの町が」

蒼空を見上げて思いを馳せる彼女。

「ですが、光が強いとき陰もまた濃くなるもの。いまも悪党が多くの人を苦しめています。——人々の笑顔を護りたい。そのためになにをしたらいいのか、そう考えたら——」

「刀を手にしていた、というわけですね」

彼女はしっかり頷いた。

「旗本の三女、本来は屋敷の奥で控えている身分。しかし、前に出ることを選びました」

「みんなを護るためですね」

「ええ。ですが、みんなの笑顔を自分にも向けて欲しいから頑張ってるのかもしれません。よくやったねと、褒めて欲しいんです。私も人の子ですから」

彼女のことを出すぎた真似と笑うことはできない。笑顔を自分に向けて欲しい、褒められたいという正直な吐露に隠されたものを僕は感じている。

きっと、町の、江都の住人として迎え入れて欲しい、馴染みたいという気持ちの表れなんだろうなって思ったんだ。

「可愛いなあ……」

つい、ボソっと呟いてしまった。

「か、かわッ!?」

義宗さんの頬が一気に紅潮し、珠樹が瞬時にふくれっ面になる。

「あ、いや、その、カッコイイ、格好いいなあって。人々の笑顔のために戦うヒロイン、実に素晴らしいです！　……僕はそういう人に憧れます。応援させてください」

せめて、僕の笑顔も彼女に向けられるもののひとつであればと願う。

「あの、ありがとうございます。その、手を離していただければ……」

いつの間にか彼女の手を握って上下に振ってた。僕もやや興奮気味のようだ。だって理想のヒーロー……いや、ヒロインが目の前にいるんだもの。仕方がないでしょ。

「すみません義宗さん。お兄ちゃん、カッコイイ人への憧れ凄いもので」

よくヒーローの真似をしてはしゃいで、喘息の発作で酷い目に遭ったのを思い出す。体が弱いからこその憧れは確かにあったけどね。

「ともあれ、はいはいそこまで～。繋いだ手を離しましょうね～お兄ちゃん」

「おお、いい雰囲気じゃねえかノブユキ」

「ちょっと烈斬、へし折られたいの？」

「ごめんなさい」

素直に謝るのか。

「大丈夫ですよ、珠樹さんの旦那さまにちょっかいをかけるような真似は致しませんから」

「あらやだムネムネさん旦那さまだなんても～！」

「僕と珠樹はそんな仲じゃないですよ、ただの兄妹です」

ここはひとつ断っておかないとね。

「でもまあ仲幸と環は許嫁なのは本当だなァ」

「烈斬、それほんと？」

「ああ。ほんとの話だぜ。忘れてるかもしれないからいちおう言っておくけどな」

そういう前情報は知っておきたかった。珠樹はおそらく知ってての態度だろうが、そうはいかない。僕らは兄妹なのだ。妹の野生を解放させるわけにはいかないのだ。

妹の好意は数年前からひしひし示されてきたけど、いままで冗談と受け流してきた。しかし……。

「たまきぃ、おウチにかえりたくなぁ～い。お兄ちゃんのお嫁さんになるのぉ～」

「珠樹のご両親も心配してるだろう。さ、早く帰ろう」

スルーだ。……それに、珠樹、いや、環さんのご両親も心配してるだろう。大店の一人娘と聞いてるし、早く安心させてあげないと。

むくれてる珠樹はとりあえずおいておこう。

「病み上がりなのは確かだし、珠樹も僕も、まずはみんなを安心させて養生しなきゃね」

「そういう言い方ずるいなあお兄ちゃん」

周りの人を安心させることの大切さは、僕も珠樹もよくわかってる。こんな言い方はずるいのは言われるとおりだが、仕方がない。

「で、珠樹の家は？」

「ここからすぐ。新本橋の越後屋ってお店だよ」

まずは珠樹の家に行こう。そこから長屋に戻る感じになるかな。あんまり歩くのも、ちょっとキツいからな。僕もゆっくりしたいし。

第二章　いまはまだ普通の日々

1

幕府が開かれたとき以来、流通の要として栄えてきただけあり、新本橋はかなりの賑わいだ。少し歩けばすぐに声をかけられる。

江都城下から様々なものが集中する場所。品物も、情報も、人も。様々な服装の人もいるし、南蛮文化の影響なのか女性の服もけっこう華やかだ。

そんななか、珠樹の家、越後屋はこの新本橋の呉服商。大店というだけあってすぐにわかった。橋のたもとの大きな店、聞けば僕の住む長屋はそのすぐ裏手にあるとか。ご近所さんだったのか。

「まずは高俊《たかとし》さんに挨拶しないと。すごく心配してたから」

高俊さんというのは環さんのお父さん。いまは珠樹の父ということになる。

「では私はこれで」

店の近くで義宗さんが橋を渡り別れようと踵《きびす》を返すが、珠樹は「もう行っちゃうんですか？」と残念顔だ。

確かに恩人を家に招きたい気持ちもあるだろうし、引き留めるのもわかる。

「お茶でもいかがです？　美味しいきんつばもありますよ」

「ですが……」

「お父さんもお礼をしたがっていましたし。だから、ね？　義宗さん」

「わかりました。ではお言葉に甘えさせていただきますね」

断るのも失礼に当たると思ったのだろう。彼女は観念したように頷き返す。

「やったぁ♪　ささ、どうぞどうぞ」

「わりと強引なんですよ珠樹って」

義宗さんはそのまま促されて店へと。

――しかし、大店だけあって立派な籠が止まってるな。籠って人力タクシーだろうから、誰か店にいて待たせているんだろうか。

入り口に『越』の暖簾。そこをくぐると、土間に縁台。いかにも時代劇なお店の中。番頭さんとかが座ってたりするところもあるが、いまはいない様子だ。

そのかわりひとりの女性が腰掛けて反物を吟味しているそばに初老の商人がひとり接客に就いている。

「いい生地を仕入れたみたいね」

「伊瀬の本店より取り寄せた最高級の丹後《たんご》つむぎでございます」

……派手だなぁ。

おっと、こんなこと言ったら失礼か。反物を吟味している女性ときたら、ひと目で華を感じる美人。初老の商人が勧める生地を丹念に吟味してる目は楽しげだが真剣で、着ているものを伺えば懐も見る目も豊かな様子が窺える。

「あるだけ頂くわ。半分は生地のまま、もう半分はいつものように仕立ててくださいな」

「ありがとうございます!」

お、商談成立。いい現場を見たなあ。しかしあるだけ買うなんて太っ腹だ。商談をまとめた商人が奥に下がると、僕もなんか安心して嘆息を漏らしてしまう。

「すごいね、全部買ったよ」

「あの嬢ちゃんならあれが普通だよ」

「烈斬の知り合いなの?」

「越後屋の常連だよ。名は――」

なんて話してると、件の女性が反物を畳みながらこちらに気が付いた様子。

「あら? タマちゃんじゃない、もういいの?」

「おかげさまで」

ああ、珠樹も顔見知りなのか。確かに常連なんだろうな。

「そちらの殿方は?」

「紹介しますね、こちらは神泉ノブユキさん」

「まあ、あなたが――」

おっと。ちょっと品定めされてるような視線。呉服のそれとは違う、すこし見透かされるような冷たさと熱さを感じる。

「はじめまして……でいいんですよね」

なんとか挨拶を返すと、あっさり「ええ、はじめまして」とにっこり。喰えないお嬢さんっぽいな。

「私は宗春《むねはる》。あなたのことはタマちゃんから聞いてるわ」

笑顔を向けられるとやっぱりドキドキするほどの美人だな。少し伺うような、値踏みされるような視線が気になるところだ。

「タマちゃんとは茶飲み友達でね。あなたのことをいつも自慢げに話すものだから。ふふ」

珠樹に目で問うと、曖昧に頷いている。ということは、珠樹じゃなく環さんとの仲ということだろう。なるほど、こちらを伺うはずだ。あんなことがあったと思えば、病み上がりにぎこちない受け答えの知り合いの心配くらいはするだろう。

「どんな話をされていることやら」

挨拶を返すようにお互い正対する。しかしこうしてみるとホントに綺麗な人だな。スタイルもいいし、なにより笑顔も含めて表情に華がある。要は美人ってことになる。綺麗な金髪も相まって、目が引かれることこの上ない。

「折を見てタマちゃんともどもお見舞いに行こうと思ってたのよ。はいこれ、傷によく効く漢方よ」

「ありがとうございます。しかし、このお薬も貴重なものなのでは？」

反物大人買いする人にいうのもあれだけどね。

「ううん。でも元気になってよかったわ。ノブさんが怪我をしたのって、私の責任でもあるから」

「どういうことです？」

という僕の問いに珠樹のほうが「宗春さんのお屋敷に着物を届けた帰りだったの」と答える。そうか、茶飲み友達が訊ねてきて、それで話しこんで遅くなったのか。

「悪いのは、襲ってきた連中ですよ。ほかの誰が悪いわけじゃありません」

「そう言ってくれると気が楽になるわ。ありがとう。――ところで」

宗春さんは挨拶がひと区切り付いたあたりで僕の背後に目を向ける。それもそのはず、義宗さんが露骨に僕の後ろに隠れるようにしてるからなのだが、なにぶんこの状況でツッコミが遅れたのは仕方がない。

「あなたね、隠れるならもっとマシな場所に隠れなさい。頭の箒《ほうき》が見えてるわよ？　というか鬼州《きしゅう》の暴れん坊がどうしてここにいるのかしら？」

「誰の頭が箒ですかッ！」

知り合いなのかな？　渋々といったていで僕の後ろから顔を出した義宗さんが前に出ると。

「と、ともかく私がここにいるのはナイショにしておいていただければ。あとですね、外では『徳田』とお呼びください」

「安心なさい。じいやには黙っておくわよ、貧乏旗本三女の徳田サマ」

この人に貧乏といわれるのもかえって清々しいものがあるなしかし。このふたりも、顔見知りなんだろうか。いや、顔見知りなんだろうな。

「倹約令が出てるのにあの浪費っぷり、上が率先して示さねばほかへの模範になりませんよ」

「お金は使ってナンボのものよ。物を買って経済を回さないと。おわかり？」

心なしか聞いてる珠樹も小さくうんうん頷いてる。まあ実家のご贔屓さんだしな。

「特に着物で着飾ることは女にとって呼吸のようなもの。あなたも素材がいいのだからもっと女を磨きなさいな。私が仕込んであげるわよ？」

「遠慮します。磨くとしたら剣の腕だけです。内面を磨けば美しさはにじみ出るもの。上辺だけ取り繕っても意味がありません」

「もう堅物ね。じゃあ剣の腕で内面を、さらに着飾ればいいのでは？」

「そういうことでもなくてですね――」

なるほど、顔を合わせるとこんな遣り取りをしてしまうくらいの仲なんだな。

「ねえ、ノブさんはどう思う？」

「……なんで身を寄せてくるんです？　あの、近いので少し離れていただけるとその」

特にその豊満なものがですね。

「予想どおりの反応ね。とても腕が立つのにただの男の子みたいなのね。ノブさんて面白いわ」

「それはどうも」

「で、どうだと思う？」

「珠樹の目が怖いので答えるのは遠慮しておきます」

「あらつまらない」

それでもふふっと笑うと宗春さんは体を離す。

「ただ、義宗さんは知る限り立派な女性だと思いますよ。江都の人々のために刀を取り、みんなから好かれてるのを見ましたからね」

「の、信行どの」

だがしかし、弁の立つ宗春さんに押されてる彼女をフォローしておこう。なにせ、命の恩人だものな。

「へえ、出会って間もないのにそんなことまで。ノブさんやるわねえ。……それとも義宗がチョロイのかしら？」

「チョロイとはなんですか、日頃の思いを正直に口にしたまでです。ほ、褒められたのはその、嬉しかったです……けど……」

モジモジしてる。恥ずかしそうにしてるのを見ると、その微笑みにドキドキする。

彼女の考えに感銘を受けたのは事実だ。

「僕の思いをも言葉にしてくれたかのような義宗さんに心打たれましたからね。僕だって人を護るために刀を使いたい」

「では、同志ですね」

照れながら微笑む義宗さんに僕は頷く。

「なあおい、なんかノブユキがノリノリなんだが？」

「お兄ちゃんヒーローに憧れてたから。願ったり叶ったりなんだと思う」

烈斬と珠樹のこそこそ話。

「へえ、似たもの同士。これで宗家も安泰かしらね〜」と、これは宗春さん。

ぼくらが「どういうことです？」みたいな視線を返すと、はぐらかすように「楽しみが増えたってだけ」と笑顔混じりに手を振られてしまう。いやあ、こんな仕草だけでも華があるな。

「でもまあしかし、タマちゃんの許嫁でもあるし、私やあなたが手を出すのも、ねえ？」

「兄妹のように育ったから流れたただの噂ですよ。許嫁ではないんです、ほんとに」

「あらほんと？　じゃあ私どころか貧乏三女サマも遠慮しなくていいってことじゃない」

「む〜、なんか不穏な流れッ！　いくらお得意様でもお兄ちゃんは売りません！」

珠樹が大店の娘として控えていることに痺れを切らせかけたころ、絶妙なタイミングで奥の木戸が開き、桐の箱を持った商人が顔を出す。

「お待たせ致しました。――ああ、ノブユキさん！　無事だったんだね！　タマもいっしょかい？　いつ帰ってきたんだい？　ああ、ああ、私が奥に行ったから入れ違いだったのかねえ。ともかく、よかった」

珠樹が僕に「この人が高俊さん、あたしのお父さん」と耳打ちしてくる。なるほど、人のよさそうな、上品なかただ。

「怪我をして運ばれたときはもうダメかと、気が気じゃなかったんだよ。うう、本当によかったなあ」

「おかげさまで、このとおりですよ。徳田さんに助けていただけたのが幸運でした」

「ああ、徳田さま！　先日は本当にありがとうございました。こちらからお礼に伺わねばと思っていましたが――」

「いえいえ当然のことをしたまで、お気になさらず。それに家を探されると困るといいますか……」

困るのか。大店の主に貧乏旗本の家を見られるのが嫌とかなのだろうか。……そういう雰囲気でもないかな。

「さて、それでは私はこれでお暇しようかしら。着物はまた届けてくださいな。こんどは明るいうちに。あと、番方も付けますわ。あんなことがあったばかりですもの、用心に越したことはないでしょう」

「よろしいのですか？」

「拐《かどわ》かしのこともあるし、番頭さんが届けてくれるのが安心かもね。タマちゃんだって病み上がりですもの。……あと、なにかあったら知らせてちょうだい。ひいきの店の友人に手を出すヤツは思い知らせてやらなきゃね」

ありがとうございますと頭を下げる高俊さんに、珠樹。義宗さんも「ですよ！　一緒に江都の悪を懲らしめましょう！」とにっこりしてるが、少々ニュアンスは違うかもしれない。線引きとしては、宗春さんやお店はあちら側、直接捕まえたいと思う義宗さんや僕は……こっち側、という塩梅だな。

江都の平和を守る、か。

「義宗さん」

僕は改めて彼女に向き直ると、彼女の目を見て伝える。

「僕にも手伝わせていただけませんか」

「よろしいのですか？」

「傷はまだ癒えてはいませんが、珠樹がまた狙われるかもしれない。それに、あんな悪党をこのまま野放しにはしておけません。――珠樹も、烈斬もそれでいいよね」

「おうよ、やりたいようにやんな」と烈斬。こうなるのはわかりきってるからなのだろうか、いやにあっさり首肯してきた。

「まあそうなるよね」

こちらも付き合いの長い珠樹が諦めた苦笑で頷き返してくれる。

「まあノブユキはオレが護ってやるからよ」

「さすが烈斬、頼りにしてるよ」

「ま、使うのはノブユキだけどな。うまく使えよ？　うまく使わせてやるからヨ」

わかってるさ。道具は道具、使うのはいつだって担い手なんだから。

そんなこんなで高俊さんに別れを告げたあと、僕らは長屋へと向かうことに。その長屋もこの越後屋のすぐ裏手、呉服屋の高俊さんが大家だから『呉服長屋』と呼ばれているらしい。

高俊さんらが亡くなったお兄さんに代って江都に来て越後屋を継いだのは数年前。僕が——仲幸さんが環さんといっしょに江都に来たのは、強いヤツがわんさといるから。烈斬の後押しもあったのだろう。

伊瀬松阪の神泉真影流、か。

「ではこのあたりで。拐かし……『かみかくし』の件は調べておきます。今日はゆっくり養生してください。では、また後日」

僕が考え事をしてると、気を使ったのか義宗さんはそう言い残して去っていった。

2

それから僕らは南向きの木戸をくぐって敷地に入る。左右には……ああ、いかにも『長屋』という感じの平屋が左右に長く並んでいる。まさに長屋だ。

共有スペースの井戸を中心とした中庭、井戸端会議という言葉が頭に浮かぶ。ここは炊事や洗濯の要だ。

トイレ――厠も外に共同のものがある。夏場は蚊に悩みそうだ。くみ取り式の厠、その大桶に貯まったものは農家へ卸して収入とするそうだ。

ああ、いかにも共同生活の場なんだなと思う。

「しかしなんで僕――伸幸さんは越後屋に居候しないんだろう」

「家出同然で国から飛び出してきたし、あまり世話になりたくないからと番太《ばんた》をしながら食い扶持を稼いでいた。ま、修行の一環だな」

「そんな伸幸さんが住んでるのが、あのお部屋だよ。ほら、あそこ」

珠樹が指すその戸口は綺麗に掃除されている。

「あ、ノブさんだ！　みんな、ノブさんが帰ってきたよ！」

部屋に入ろうとしたところで、井戸端にいた親子が気が付いて大声を上げて近づいてきた。その好意的な表情に思わず苦笑する。神泉伸幸という人も、なかなかに周囲の人に受け入れられていたんだろう。

そこから長屋の人に囲まれるまではあっという間だった。小松菜持っていけとか、アレ持っていけ、コレ持っていけ、瞬く間に抱えきれないくらいのお見舞い品。人柄が偲ばれるというものだ。

うん、この長屋の人とならうまく溶けこめそうだ。この明るさに助けられる。

「しっかし頭がねぇ～――」

「言い方」

僕の記憶が定かじゃないという話から、珠樹が思い出したかのように手を叩く。

「そうそう、初顔合わせということでちょうどいいわ。りんちゃんを紹介しなきゃ！」

「りんちゃん？」

「そうそう、最近越してきた子でね。おーい、りんちゃーん！　りんちゃーん？　あれ？　りんちゃーん！　りんちゃーん！」

珠樹が長屋チックな気軽な大声で呼ぶと、近くの部屋からひょっこり顔を出す可愛い影。

「や、やめてください、聞こえてますから……」

控えめな子だった。小柄で可愛いことも相まって年若く見えてします。いくつくらいなんだろう。

「いたいた、こっちおいでりんちゃん」

「ここでけっこうです」

やっぱり控えめな子だな。じと～っと僕を見ている。

「じと～……」

「声に出してる」

「りんちゃん、相変わらず照れ屋なんだから。初めて会ったときからこんな調子なんだよ？」

「珠樹があんまり構いすぎるからじゃないのか？」

よく猫に駆け寄って逃げられてたしな。

「ほらほら、美味しそうな小松菜だよ〜？　浅漬けにしたりお味噌汁に入れると美味しいよ〜？　ほかにもいい大根もあるよ〜？」

そうやってエサ……食べ物で釣ろうとするのもそっくりだ。上手くいった例しはないのに。

「あ、浅漬け……じゅるり」

……そうでもないのか？

「と、その手は喰わないのです」

「あちゃ〜。ま、いいか。あそこにいるのがりんちゃん。このあいだ越してきたばかりなの」

「は、はい。大家さんにはお世話になってます。で、そちらのかたは？」

「昨日話してたノブユキさん」

話してたのか。

「はじめまして。僕は神泉信行、こっちはしゃべる刀の烈斬だよ」

「よろしくな、おりん」と烈斬。

「なんて面妖な！」

そうそう、ふつうそんな反応。警戒するよね、そりゃ奥に引っこむって。猫だなほんと。

……。警戒するその姿に、少し違和感？　なんというか、既視感が。近所の猫？　いや、違うな。

「な、なんですか？」

「いや……ん～？」

「どうしたのお兄ちゃん」

「あ、いや、なんでもない。どこかで会ったような気がして」

りんちゃんと珠樹が同時に息を呑む。

「お……お兄ちゃん、ちっちゃい子のほうが好みだったの⁉」

「……⁉」

言うに事欠いてこの妹は。使い古されたナンパの手口みたいなことしないよ。

「い、いや、珠樹の背中に隠れられると傷つくんだけど……。そういうのじゃないから、ね？」

「り、りんです。よろしくお願いするです」

「うん、よろしくね」

と挨拶返しをする前にささっと隠れてしまう。

猫だなあ。近所の野良みたいな気がする。だから気になったのかもしれない。

「そう警戒しないの。お兄ちゃんとはこれからも仲良くやってかないといけないのに」

「なんで？　まあ仲良くやるにこしたことはないけど」

「どういうことです？」

僕とりんちゃんが疑問を浮かべるや、珠樹は頷きながら続ける。

「お兄ちゃんは病み上がりだし、近所のりんちゃんにお世話を頼もうと思ってね」

これには長屋のみんなも頷き首肯する。「料理の上手だしな」「子守も上手いし」「屋根に上がって修理なんてお手の物だし」と評判は上々。

「いくら長屋付き合いとはいえ病み上がりの世話を頼むのはだめだよ珠樹」

「大丈夫。『万屋りんちゃん』だから」

「よろずや？」

「ええと、いろんなお仕事を請け負うんだよね？　りんちゃん」

「そうです。……そのあたりの言葉も思い出せねーですか？　やっぱり重傷だったんですね。ごめんなさい……」

ああ、はい、頭がね？　はい。万屋、何でも屋、お手伝いさんか。お仕事を、僕のお世話を依頼か。

「ともあれ、この話はお仕事の依頼と考えてさんを旦那と呼ぶです」

「かしこまりです。その依頼、お引き受けいたします。契約に基づき、今日からノブユキ
えっへんと珠樹が胸を張る。財布は高俊さんだろうに、この妹はまったく。

「よろしいです」

よろしいです？」


え、旦那？　って、それはちょっと……。

「文句は言わせねーです」

あ、はい。

「わかった、それでいいよ。これからよろしくね、りんちゃん。って、握手の習慣はなか
ったっけ？」

「南蛮式の挨拶……。おかしなことをする人ですね。とにかくよろしくお願いします」

おずおずと僕の人差し指をつまんで上下に。可愛いことする子だなあ。

「じゃあ最初のお手伝い」

僕はもらった食材を抱え直すと、彼女を部屋に促す。

「まずはこれでご飯を。お腹空いちゃってね」

◆　◆　◆

長屋の部屋の中は思いのほか片付いていた。戸口周りもあわせて長屋のみんながおりん

ちゃんを雇って整えていてくれたらしい。みんなには頭が上がらないな。

「はいそこ、そこがオレの寝床」

烈斬は刀掛けに置かれるや脱力したため息をついて寛ぎ始める。ホントに刀なのかね。

「ではさっそく夕餉の支度にかかります。万屋りん、参ります」

キラリと目を輝かせ、水を張った鍋に昆布を入れる。出汁か……。釜の火を点け鍋をかけると、慣れた手つきで加減を見つつ、米、山菜などを投入。ああ、あれは煮こんだら美味くなるヤツだ。

「その割烹着はいつも持ち歩いているの？」

来たそのままに着替えたりんちゃんに疑問を投げかけると、「当然です。万屋ですから」と自信満々に。作業着、と思えば確かに？　とも思えるけど。

「ご提案なのですが」

「なんだい？」

「お駄賃を頂く代わりに食事をご一緒してもよろしいでしょうか」

「いいよ。ふたり分作ったほうが手間も洗い物も少ないだろうし」

財布は高俊さんなので僕も珠樹に偉いことといえないけど。

「じゃあ今夜は三人分で。りんちゃん、なにか手伝おうか？」

「大家さんは座ってろです。これは仕事、手助け無用、情け無用なのです」

プロ意識だなあ。

「だーめ。大家じゃなく珠樹って呼んで？　あと手伝わせて。大家命令」

「横暴だ」

「しかたねーですね。じゃあ珠樹さんはネギを小口切りに」

「よしきた～。ね、ニンジンとか星形にしたら可愛くない？　輪切りにしてひとつひとつ包丁入れてさ。あ、ネギから白い液が！　きゃ～、べとべと。なんかもうアレみた～い」

「食材で遊ばない。料理は時間との勝負ですよ。ほら煮えてきましたから早くネギをトントンするですよ」

ほーら叱られた。

果たして、料理は包丁のリズムのようにトントン拍子で進んでいった。しかしりんちゃんの手際がいい。器用だ。うちの妹は手先が利いて味覚もしっかりしてるが、遊んでしまう癖があるのだが……りんちゃんにはそれがない。徹しているというかなんというか、プロだなあ。

「お待たせです」

「あっという間にできたなあ。いい香りがする。薬膳粥ってやつだね。ありがたい」

僕と珠樹のふたり分が用意されており、僕は木匙で掬うと、軽く冷ましてから頂く。

「……おいしい」

煮こんだ粥の優しい味のあとに、つんとした刺激。味噌のこくに、生姜のアクセント。美味い。胃の腑に沁みるとはこのことだ。

「病み上がりの体力回復のため消化に優しいお粥をと思いましたが、風邪ではないので白粥だと物足りないかと思いまして」

「ありがとう、ほんと美味しいよ」

「お仕事ですから」

「そんな畏まらなくていいのに。……あ、おかわり」

「よろこんでいただけてるようでなによりです」

碗を受け取りながらりりんちゃんは照れた顔。

「それよりりんちゃんも食べなよ。そういう約束だったでしょう？」

妹に促され、りんちゃんも頷く。

「ではご相伴にあずからせていただきますです」

……で、台所から鍋を持ってきて、おかわりをよそってくれたあと。なんと、彼女は鍋を抱えこむようにして。

「いただきます」

はふはふ、はむはむと、こう、鍋を碗代わりにして、お玉杓子で食べ始めたではないか。

「鍋ごといくの？」

「ふぁい、ほういう契約れふので遠慮なふ」

飲みこんでからしゃべりなさい。

「いい食べっぷり。食費を浮かせたいわけだわ～」

「契約は契約ですからね。不履行は許さねーですよ。はふはふ」

驚いてるだけです。

しかしお腹が空いてたのか、一心不乱にお玉でもぐもぐと。僕と珠樹と離れてひとり鍋のりんちゃん。机だそうかな。

「ちゃぶ台代わりに机だそうか。珠樹」

「はーい」

大きめの丸机を出して、食器を置き、りんちゃんを手招きする。

「せっかくだしこっちで一緒に食べよう」

「使用人が旦那とご一緒するわけには……」

「じゃあ契約のひとつということで。食事の条件は、一緒に食べること。どう？」

「むむ」

「観念したほうがいいよ、りんちゃん。お兄ちゃんこういうときすごく頑固だから。あんまり迷ってるとお鍋取り上げられちゃうよ～？」

「それは困ります！」

取り上げないよ!?

「じゃあどうすればいいかわかるよね～？」

「……契約なら仕方ねーです」

腹黒いな珠樹。……まあともかく、こうして三人で食卓を囲むようになったわけだけど、いいなこういう空気。落ち着くというかなんというか。

ともあれ、美味しいお粥をお腹が苦しくなるまで食べて満足したあとは、煎れてもらったお茶を飲みながらひといきつく。

「はぁ……お腹が満たされるこの瞬間のためにお仕事をしてるようなものです。し、あ、わ、せ……」

りんちゃん、満腹で寛ぐ猫みたいだ。お腹がぽこんと膨れてる。いやあ、健啖健啖。見てるこっちが幸せになる笑顔だ。

だがさすが仕事中という意識が正座を崩させない。でも満腹からの眠気にすでに船をこぎ始めている。健康優良児だ――もうお酒が飲める年齢らしいけど。

いや、珠樹も眠そうな顔してる。寝ずの看病してくれてたし、これは仕方がないな。

「ありがとう珠樹、ここしばらくの疲れが出たんだろう」

「感謝の気持ちが溢れたらいつでもハグしていいんだよ～？　優しくホールドミー」

「珠樹さん、越後屋のご主人も心配しますから屋敷まで送っていくですよ」

「いや、なら僕が送っていくよ。夜に出歩くなら男のほうがいい」

「いいえ、旦那さんはゆっくりしていてください。これもお仕事です」

ぐずる珠樹――いくつだまったく――彼女を連れてりんちゃんはそのまま戸口から外へ。

けっこう力あるんだな。さすが万屋。頼まれれば屋根の修理からなんでもござれ。

「夜の送り迎えもなんてことなくこなす、か」

「ふぁぁあぁ～。……すぐ裏手の店に帰るんだ、ま、大丈夫だろうよ」

「烈斬、起きたの？」

烈斬は「おうよ」と答えて再度大あくび。緻密な秘宝らしく情報の整理に睡眠を必要とするとかで、なんというかイキモノくさいというか、人間くさい。自己修復もあるらしく、ちょっとした刃こぼれなんかも寝れば直るとか。

「夜はオレが気を張っててやる。なにかあったら起こすから安心して寝てな」

「ありがたい」

……しかし、おりんちゃんか。

布団を引っ張り出して敷きながら、行灯の火を吹き消して床につく。ずっと寝っぱなしだったにも拘わらず、横になった途端に眠気がきて………と思った矢先。

「失礼しますッ」

りんちゃんが戸をくぐってやってきた。さすが長屋のセキュリティ、使わず立てかけてある突っ張り棒くらいで鍵なんてものはないのだ。

「ど、どうしたの？」

「床の支度を忘れてました。明け六つから暮れ六つまで旦那のお世話をするのがワタシのお仕事です」

「おはようからおやすみまで？　いや、さすがにそこまでは……。布団くらい敷けるって」

「そうですか？　なら子守歌でも歌いましょうか？　長屋の皆さんには好評でしたし」

「子守も請け負ってたんだっけ？　大丈夫、さすがに怪我から回復しきってないから、お腹いっぱいになった途端、眠気が凄くてね」

「そ、そうですか……」

残念そうな、申し訳なさそうな、そんな顔。

「では、おやすみなさい」

「おやすみ。ありがとう、今日は助かったよ」

「では、失礼するです」

と、こんどはホントに帰っていくりんちゃん。表から帰ってくるのも早かったし、心配することでもなかったかな、やっぱり。

「どうして遠慮したんだ？　子守歌といえば添い寝膝枕。役得だったろうに」

「オトナがそういうのをお仕事でやってもらうのは少し抵抗がね。いや、そうじゃなく、そういうのはいいから」

「かえって寝られねえよな、っはっはっは」

カタカタ笑う烈斬、わかってていってるんだろう。こうやって、くだらないことで重ねる会話も、お互いの理解を深めるには必要だ。細かい部分、同じような人物相手にどこまで踏みこめるかという、烈斬の間積もりなんだろう。それがわかるし、烈斬も承知で聞いてきてるのが嬉しい。

「腰の刀はともかく、股の刀は若いうちにこそ使ってナンボだぞ？」

「刀がそういうことといわないの。長く生きてるだけにおっさん臭いなもう。まあ、ちょっともったいないなって思ったけど」

「男だねえお前さんも。財布が越後屋じゃなけりゃカッコも付くけどねえ」

はいはい、この話は終わり。

手を振って区切ると、疲れてる僕の邪魔をせずに烈斬も少しだけカタカタ笑うとすぐに黙った。横になって目を閉じただけで、僕はすぐに眠りの中に…………――。

3

月下の橋に桜の武士が現われたあの夜、その少しあとまで話は遡る。

とある武家町の一画、奥にひっそりとした空気が漂う中、主人の見栄が窺える離れの大茶室――その控えの間に不機嫌な声が響く。

「娘もさらえずにおめおめ逃げ帰ってきたのか。不甲斐ない連中め、子飼いにしてやってる意味がないではないか」

老境に手が届かんとする太鼓腹の武家が報告を聞いて声を荒げたとき、告げた小者は「面倒なことになりそうだ」と内心ため息をついた。

「面目ねえ、黒原《くろはら》の旦那。越後屋の番太のほかにも邪魔が入りまして」

「講釈は要らぬ。金を持ってまいれ、金を」

ピシャリと結果を求める武家――黒原に話を抑えられた小者は「へぃ」と唸って平伏する。

払えるものがなければ仲間ともどもこの屋敷を出て行かねばならない。庇護下にあって生きながらえている彼にとっては死活問題だった。

「藩を追い出された俺らにほかの居場所はありやせん。追い出されても終わり、町方に捕らえられても終わり、運良く盗賊稼業で食いつなげてもゆくゆくは同業に目を付けられて終わるでしょうや」

「――ならば務めを果たせ。次の獲物も決めておるのだろう?」

「へぃ」

やや安堵しつつも国の言葉より江都言葉がするりと出てくるようになっている自分に苦笑する。

「旦那の期待に応えられる獲物が。大口屋《おおぐちや》をご存じで?」

「ああ、あの派手な札差か。いい噂も悪い噂も聞き及んでおる。――今回は金か」

「直裁ながら、面倒は少ないかと。金に名前は書いておりませぬゆえ。……しかし問題が少々」

「申してみよ」

「貯めてる裏金の多寡が窺えるように、用心棒、番太の数が多い。今夜の如く手間取ったら終わりでさァ」

ふむと頷く黒原。その視線がツイと控えの奥を見遣ると、そこには同心がひとり。いままでひと言もしゃべらぬ様子で聞いていたが、水を向けられてひとつ頷く。

「その心配は無用だ。そのために俺がいる」

「面倒ごとになれば鶴岡《つるおか》の差配に従え。万事うまくいく」

黒原に言われ、男は鶴岡という同心を一瞥し、「へぃ」と短く頭を垂れる。

同心のくせに黒原の悪事に荷担するのは、黒原が金の力で勘定奉行に返り咲いたときの見返りを求めてのことだろうことはわかっている。国を追われ誘拐や盗人で汚れた自分よりも、このふたりのほうがまだ未来に望みがある。うらやましいとは思うが、宮仕えの息苦しさはもうこりごりだった。

勘定奉行に返り咲きたい黒原、勘定組頭に召し上げられたい鶴岡。無理を通す金の力が必要なので、自分たちはここにいられるのだと、かどわかしの頭もわかっている。

事が成っても、恐らく自分らは口封じを兼ねて終わる。逃げるにしても、新しい寄せ場所を探すにしても、それそのときまでの住処は護らねばならない。

面倒ごとになったな。

頭は何度目かのため息をつきながら、ことの手順を摺り合わせるために計画の説明を始めるのであった。

◆　◆　◆

差しこむ陽射しを感じたとき、ああ朝になったかとボンヤリと考える。ときたまその明るさがちらちらと遮られるのもまぶた越しに感じ、寝返りを打ちながらひと息。

「そんなに顔を覗きこむなよ珠樹」

「あ、起きてたの？　おはようお兄ちゃん」

「いま起きた。……とりあえず布団から出て」

「ちぇ～」

なんか珠樹の夢を見たと思ったけど、珠樹が添い寝してたのか。昨日もそんなことあったような気がするけど、誰にも見られてないだろうな。

「どうして珠樹が僕の部屋にいるんだよ」

「妹ですから」

理由になってないし。

「起きるからちょっと向こう向いてて。猿股はいて上着替えるから」

「あ、あらあら、あらあらあら」

「マジマジ見ないの。男の子には見られたくないものもあるんだからね？」

胸の傷だってまだ見せるのは気が引けるからね。それにしても……いつもの遣り取りだ。いや、いつも以上に、いつもの僕らしい遣り取り。こんなルーチンワークひとつで自分が自分であると認識できる。

「じぃ……」

と思ったら、戸口から熱い視線が。

「りんちゃんおはよう。早いね」

着替えを済ませて挨拶をすると、グ～っと彼女のお腹が鳴る音が。

「夫婦漫才は終わりましたか？　朝餉にしましょう、お腹が空きました。ぐぅぐぅです」

「ずっと見てたりした？」

「ここからずっと見てましたよ？　おはようからおやすみまでです」

早めに止めてくれてもいいんだよ？

と、いうことでちゃぶ台にはしじみ汁と小松菜の浅漬け、ほっかほかの白米。一汁一菜という定番メニューだが、物足りなさは感じない。

「ご飯があれば幸せ……」

「同意せざるを得ないです」

だよね。……でもりんちゃん初めからお茶碗に山盛りにしてる。健啖家だなあ。

「契約ですからね？」

「文句はないよ。いっぱい食べる子、見てて気持ちいいし。――って、珠樹は張り合わないでいいからな」

ということで、いただきます。

箸を運び始めると、頭も体も目覚め始めてくる。咀嚼《そしやく》であごを動かし、嚥下《えんげ》し、お腹の中を温めると気力も回復してくる。しかも美味しい。ありがたいことに染み入る美味さとはこのことだ。

「りんちゃんがお世話してくれるなら生活面の問題も解決したも同然だなあ。僕の胃袋はりんちゃんに預けた」

「そ、それなりに頑張るです」

「夜も期待してる」

「いっぱいいっぱいご奉仕するですよ」

「……ご飯の話よね？　お兄ちゃん」

ジト目の珠樹。なにをいってるんだこの妹は。

「りんちゃんに胃袋掴まれちゃったなあ。でもあたしはお兄ちゃんの心臓をつかむからね？」

「殺す気か」

ともあれ。

食事が済むとりんちゃんは昼の『万屋』のお仕事に向かい、片付けがひと段落したあたりで刀掛けからカタカタと音がする。

「おはよう烈斬、ちょうどいいや、話し合わないといけないことがあったんだ」

自我を持つ刀の大あくびが聞こえてくる。大したヤツだよなあ。

「おうよ。『かみかくし――』拐かしの件についてだな？」

「いや、『夜の見張りは任せておけ、安心して寝ろ』とか言いつつ珠樹が布団に入りこんだのを見過ごしていた件だ」

「……世はすべてこともなし」

まあいいや。よくはないけど。

手鏡の件については、高俊さんの贈り物であり、環さんの健康を願ってのものらしい。

彼の奥さん、環さんのお母さんも病で亡くなってるからだろう。

激しい運動こそ無理だが、日常生活ならば命に関わることはない……だろうという塩梅。

そんな環さんの身体事情に、珠樹が入ったのだから無理も出そうなものだ。気を付けてあげないと。

江都と、現代――いや未来の新本の僕らとは逆転だな。こんどは僕が珠樹を護らなきゃな。

「だがしかし、越後屋の倉庫には高俊が娘のためを思って買い集めた品物がそりゃあもうたくさんあってな。薬にしろ呪いじみたものにしろ、なんでもかんでも買い集めてたんだ」

「その中のひとつがこの手鏡で、病を治す力があると？」

「いんや？」と烈斬はあっさり否定。

ないのか。だとしたらなぜ……？

「病が治るというか、他人の魂が宿るってのはなァ」

「確かにそうだけど。ううん、売った当人もホントの効果は知らなかったみたいだものなあ」

「朝草の道売りしてた古物商から買ったみたい。旅の商人だからいまどこにいるかまでは」

「朝草あたりも人の出入りが多い。その線から辿るのは無理だろうな」

烈斬の言うとおりだろう。

だとしたら秘宝に詳しい人に伺うのが手っ取り早いかもな。義宗さんのいう事情通を紹介してもらわないと。

「戻れる確証はないが、覚悟を決めた上であがいてみよう。諦めることと覚悟を決めるのは違うからね」

「お、ノブユキ、いっちょまえなこというじゃねえか」

数多のヒーローからの受け売りです。

「さて――」

「珠樹、どうしたの？」

ひとつ区切りを付けるように立ち上がる珠樹。

「これからちょっと大事な用があってね。気が乗らないお茶会みたいなものなんだけど、お店にとって大事なことで抜けられないのよ。お昼過ぎには終わってると思うから、お店に寄ってね、お兄ちゃん。大事な話があるの」

「お店のお仕事か。わかった、必ず顔を出すよ。……だ、大丈夫遅刻とかしないからさ」

「絶対だよ？」

と、最後まで念を押しながら珠樹は帰っていく。さすがに静かになったな。

「大店の娘は大店の義務があるか……」

いまを精一杯生きる、か。

「で、ノブユキよ。お前はどうする？」

「そうだな。僕も僕にできることをするよ」

「決まりだな」

僕は烈斬を手に身支度を調える。自然と腰に差せる自分に我ながら驚くが、所作も烈斬からの影響が出ているのだろうか。

「となると、まずは英気を養うといたしますか」

僕は荷物を手に戸口をくぐる。後ろ手に閉め、長屋の通りをひと眺め。皆まだ家の中なのかと思いきや、仕事に行く人はもうすでに出かけており、井戸端のほうに目を向ければ数人のご婦人方の姿も。

「あらノブさん、どちらに？」

声をかけられ振り返る。

「ええ、ちょっと汗を流しに」

答えて向かうは、町の湯屋。情報が集まる場所と相場が決まっている上に、なんというか寝たきりスズメだったから汗は流しておきたいわけで。

そう、僕が目指すは、まず——拐かしの一件、『かみかくし』の調査だ。


お風呂屋さんに向かい歩くこと暫し。

着いたのは八町堀《はっちょうぼり》。町方という警察組織が集まる場所で、町方通りとうたわれる幅広の道の左右には、やや厳めしい屋舎が建ち並んでいるような気もする。

とはいえ普通の下町風の店構えをした銭湯が目的地。朝風呂ができるのは実にありがたい。それというのも、昼夜問わず動き回る町方のために営業している銭湯だからだとか。

港町が漁師向けに朝風呂専用の銭湯を営業してたりするのに似たものなのだろう。

「同心や与力、そういった奉行所関係者が利用するとこだ。お前さんの時代の言葉でいえば、同心が警察官、与力が警察署長や長官、奉行所は警察署兼、裁きの場。町奉行所勤めだから、『町方』ってわけさ」

「治安のよさそうな地域なんだね」

「そそ。だからこの店は人気がある」

なるほどねえ。

そこでひと声かけて暖簾をくぐると、すぐに番台。奥は二階への階段。脱衣所は番台の奥、衝立の向こう側か。

「誰もいねえな。ま、金を置いとけば文句は言われねえだろう」

おおらかな時代だなあ。治安がいい地域ってこともあるんだろうけれど。

「入浴代金が八文か。三途の川の渡し賃より高いんだね」

「ノブユキ、おめえ若いのにそんなことをよくまあ知ってるねえ……」

真田幸村《さなだゆきむら》の話も好きだからね。六文銭の旗、わりと有名なのでは？

そんなことを思いながら代金を番台に置いて中へ。奥の脱衣所に進み、ふと横手にある刀掛けに目を留める。

「烈斬も入る？」

「刀が拵えごと風呂に入るとかアホか置いてけ。盗まれそうになったら大声出すから安心しろ」

「冗談だよ」

刀掛けに彼を置き、奥の石榴口《ざくろぐち》を見る。湯気が逃げないように低い出入り口で、頭をぶつけないように気を付けなきゃいけない、そんな造りだった。

人目もないのでパパっと脱衣し、籠に入れ、そのまま身をかがめてくぐると、もうもうとした蒸気に満ちた薄暗い部屋だ。窓も閉め切られており、石榴口や隙間から漏れ入る光がかろうじて光源といった塩梅。

いわゆる蒸し風呂だ。荒い板張りの床で滑る心配はないが、なにぶん暗い。足下に気を付けながら奥へと進むと……微かに人の気配。先客だろうか。と、腰の下ろし先を気にしたとき、向こうもこちらに気が付いたような気配。

「……え？」

ん？

……目の前に、肌着の女性が座っている。

肌着の女性が座っていたんだ。女性が。

「…………………」

湯気と汗で貼り付いた肌着を身に纏《まと》った女性が。その、座っていたんだ。

そんな彼女が目をパチクリさせて、僕の顔を見つめてくる。その視線がこう、下のほうに……。

しかしなんで男湯に女の人が？　太股も張りがあって健康的、締まるような腰、貼り付く黒髪は濡れた烏羽のような艶があり。そしてなにより、その形も大きさも申し分ない乳房が魅力的で。

「どどどどどど、どうして！　どうして信行どのがここにいらっしゃるのですか⁉」

ん？　知ってる人？

「あ、よ、よ、義宗さん⁉」

「い、いかにも私は義宗ですが……」

ささっと体を隠しながらも答える彼女。

「髪を下ろしているから印象が。こんな暗いところですし、気が付くのが遅れまして。でもその、着痩せするほうだったのですね……はは」

「〜ッ！　み、見ないでください！」

慌ててるのは僕のほうもだ。なんだいまの受け答え。だめだめじゃないか。

「ご、ごめんなさい、桶は置いて！　投げないで！」

「殿方にこのような痴態を晒すなどとはッ！　かくなる上は切腹です！　あなたを介錯して私も死にます！」

え？　腹を切るの僕なの？

「見なかったことにします。だから早まらないで！」

「やっぱり見たんですね⁉　この正直者！」

怒られてるけど褒められた。

「そこに直りなさい、成敗してくれます」

「桶！　当たったら大変ですから！　桶置いてください！　その、ごめんなさい！　ひとまず落ち着いて！」

「問答無用！　避けてはなりません！」

「う、動くと見えちゃういますから落ち着いて！」

とまぁ火に油を注ぐようなことを言ってしまい攻撃は激しくなるのですが。痛ッ。護るだけで精一杯。痛たたッ。

受け止めた桶を手に、僕は自分自身の股間を隠して降参する。

「僕のも見えちゃいますから、義宗さん、落ち着いてください！」

「は……⁉　は、は、破廉恥漢！　見せつける気ですか⁉」

「事故です！　事故！　痛ッ……」

「振り回さないでください！」

「しっかり見てるじゃないですか、この正直者！」

「いいから収めてください！　ご立派なのは認めますから！」

……などということもあり、ひとまず間合いを離しあってひと息。彼女は湯船に入り——湯船あったのか——顔を真っ赤にして裸体を隠した。

「大変な目に遭った」

「こ、こちらの台詞です！」

ともあれ、ひと息ついたあたりで石榴口に人の気配が。

「朝っぱらからなにをやってんだおめぇさんたち」

浴室に入ってきた女の子が呆れたように肩をすくめている。

「え？　まさか女湯？」

僕がそう思い逡巡していると、脱衣所のほうからカタカタとした笑い声が聞こえてきた。

烈斬――。まさか知ってたのか？

聞いたことがあるぞ、この時代の銭湯は混浴だったとかなんとか。思い出したァ～！

「ともあれ、まあゆっくり浸かりな。出てきたら茶のひとつくらいは出してやるからよ」

女の子はそういうと脱衣所に。

「…………」

「…………」

義宗さんはそそくさと湯船の向こう端に。

僕はというと……。

「その、ご一緒失礼しますね」

諦めてこっち端で背中を向けながら、かかり湯をしてから湯船に。

傷口は痛まない。

そんなこんなで温かい湯にひと心地ついてると、義宗さんが湯船から上がる気配。見ないよ？　見ませんよ？

こっちが汗を流し終えたとき、脱衣所の向こうには義宗さんとあの女の子が。着替えを住ませ、ひとつ叱って烈斬を腰に差しながら出ると、ふたりは待ってたかのように立ち上がる。

「約束どおり茶くらい出すぜ？　まぁ付いてきな」

女の子……法被を着たちっちゃい子だけど、誰だろう。義宗さんは黙って従ってるみたいだけれども。

「ではご相伴に」

僕もちょうど義宗さんとも話したかったしな。

恐らく、そんなに違う話にはならないだろうと、僕の勘も告げていたのだった。

4

め組。

町火消しといわれる消防団を担う組のひとつで、僕はその寄合所の中で義宗さん共々、お茶を供されてゆっくりしてたりする。

「あははははは！　なにしてるかと思ったら裸でお見合いしてたとはねぇ」

「笑い事ではありません」

そしてあの女の子も腰を落ち着けたら、まぁ銭湯での話になってしまったわけで。法被の少女は気っ風のよさげな笑いで、頬が膨れている義宗さんをからかう始末だ。

「いやはや、とんだご迷惑を」

「いえいえ、こちらこそとんだ痴態を晒しまして」

「あの時間、先客がいるとは思わずに入ってしまいまして」

銭湯は風呂場がひとつのみ。時間によって男湯と女湯をわけているらしいが、たまにこのように鉢合わせになることもあるとか。と、これは叱ったあとの烈斬が白状した情報。

「でもまさか貸し切りだったとはな。ひと気がねえから油断してたぜ」

とは烈斬の弁。

確かにあの時間はぎりぎり男湯の時間であったたし、まあ内緒にしてたのはイタズラの範囲であったのだろうが、事実はその上をいっていたのだ。

「こちらの落ち度です。貸し切りの札をかけるのをそこの粗忽者が忘れておりまして」

そこの粗忽者、法被の少女が頭をかく。

「あたいはめ組の『お辰』ってんだ。義坊とはダチみてえなもんだ。ややや、二階でたばこ吸ってたらスコーンと忘れてたわ」

たばこ吸える歳か……。見えないわ。

それに、義坊というのは義宗さんのことか。

「まあ裸見たんだし、責任取って義坊の婿になったらどうだ？」

「い、いきなりですね」

「義坊もいい歳なんだし、そろそろ所帯を持たないと。いつまで経っても嫁に行けねえからな。ほれ、恥ずかしいとこを見せ合った仲だろう？　立派だって認めてもらってたじゃねえか、そのままがっぷり四つで裸のお付き合いまでいっちまえよ、な？」

「どうしてそうなるんですか！」

義宗さんがさすがに怒るが、顔は真っ赤だ。たぶん僕のほうが真っ赤だ。けっこう話聞かれてたんだな……。

「ともあれ、神泉仲幸です。こっちの刀は――」

「しゃべる刀の烈斬だろ？」

おや、ご存じの様子。

「あの夜、怪我をして倒れた珠樹とノブユキを診療所に担ぎこんだのが、このお辰たち『目組』の面々なんだよ」

なるほど……。

僕は居住まいを正して正座をし、所作に失礼がないように頭を下げる。

「知らぬこととはいえご無礼致しました。お礼が遅れまして申し訳ありません。珠樹ともども命を助けていただき感謝いたします」

「い、いいってことよ。それに、助けが遅れちまってすまなかったな」

あの夜、義宗さんたちと賊を探して夜回りをしていたらしい。そのおかげで助かったんだ。

「義宗さんとご一緒に調査を？」

「ああ。義坊のほうから『ぜひ江都の町を守りましょう！』って、こうがしっと手をだな」

ああ、光景は目に浮かぶな。

「去年の話です。――火消し衆、め組といえば、大江都では横綱に並ぶ人気者ですから」

め組は有名だものね。僕も知ってる。火事と喧嘩は江都の華とはいうけれど、咲いてもらっては困る徒花の類いだ。幕府が開かれる前から勢いに乗って発展してきた住宅密集地だけに、消防に対する備えは必須。いうならば町火消しはヒーローそのものだ。

「……で、お辰さんがそのお頭だと」

半信半疑だが、この少女、いやさ立派な女性は、そのめ組のお頭ということになる。

「こんなに小さいのになあ」

「誰が可憐で愛らしい美少女だ！　こちとらこれでも三十路だぞ！」

嫁のもらい手云々の話に急に重さが加わってしまった。

「なにか言ったか？」

「いえいえ」

人は見かけで判断できないな。あぐらをかいて煙草で一服し始めるお辰さんの堂に入った仕草を見てると……まあ、そうなんだろうなあっていう気しかしない。うん。

「義坊と組んで火事の火種と悪事の火種、その両方を潰して回ろうってな。ま、洒落みたいなものさ」

冗談ひとつではやれないことだろう。大した物だ。火消しの本業はとび職が多いそうだが、め組――お辰さんも含めみなそうなのだろう。昼は本業、夜は見回り、そして時間問わずの火消し仕事。まさにヒーロー、益荒男だ。

『かみかくし』の一件が始まって以来、義坊の突っ走りを止めたり追っかけたりするのが大変でなぁ。あの日も苦労したぜ」

「なんで上から目線なのですか」

「加納《かのう》の爺さまにくれぐれもと頼まれてるからな」

その名前が出た途端に義宗さんも「ぐぬぬ」と文句を飲みこむ。聞けば世話係の人らしく、なにかとうるさくて敵わないとのこと。頭の上がらない人なんだろうなぁ。

「ノブさんも拐かしを追ってるんだって?」

「追おうとしています。このまま放ってはおけませんからね。湯冷ましついでに現状を教えてくださいませんか?」

「おう、いいぜ」

煙草の煙をふかしながら、詳細を教えてくれた。

始まりは三ヶ月前、紙問屋の娘が賊にさらわれる。そこからは周囲にいちどの頻度で、大店の子息子女が狙われるようになったという。そうなると十人を超える被害が出てると見受けられる。

奉行所もことの重大さに血眼だが、手がかりもなく、足取りも杳として掴めないまま。そこで義宗さんとめ組も夜警をしているとのことだ。

「手際のよさから『かみかくし』、などと噂されております」

身代金の要求は、およそ一件五十両。通常この時代の人さらいの場合、もっと高値が付く地方の岡場所――いわゆるその手の風俗街に売り払うのが定石。誘拐と逃走がひとつになっているので、まさに疾風の如くだ。

「離れた土地で助けも呼べず、その地で生涯を終える女も多い。が、この『かみかくし』はさにあらずってやつでな。さらった娘の世話をしたくないからか、はたまた顔を見られて足が付くのを恐れてなのか、徹底して五十両の要求のみ。受け取りでお縄になるのが誘拐の定石だが、そんな危険を冒してまで、あくまで金の要求ときている」

「大店からしたら払いやすい額、しかも身代金を払えば必ず無事に帰ってくるとなれば――」

表に出ずに金を払って解決した誘拐もあったのかもしれないな。

「どちらにせよ、帰ってきた子息子女からは賊の情報はなにひとつ。そのあたりは徹底されてますね」

義宗さんも、ぎゅっと拳を握りしめている。悔しい気持ちはよくわかる。

「なるほど、現場を押さえるしかない。ゆえに見回りですか」

「そこであの夜の一件です。あのまま捕らえていれば証拠も手に入ったのですが――」

「僕らを助けるために追跡できなかったんですよね。申し訳ありません」

「ちがいますよ。――手際がいい。手数はこちらのほうが勝っていましたが、なにぶん煙幕と逃走を指示した者の手際が際立っておりましたから」

――手がかりか。

思い出せ、ノブユキ。僕になにかできることがあるはずだ。少なくとも賊の言葉を聞き、見、刃を交わしたんだ。なにかあるはず――。

「あッ」

そうだ、思い出したぞ！

「あの戦いのさなか、襲ってきた賊のひとりを斬り撃ちました。手応えから、右腕に深い斬り傷を負わせているはずです」

「賊の右腕に刀傷。義坊、これは手がかりになるんじゃねえか？」

「庄船先生に当たってみましょう。ほかの医者の情報も集まりますし、自ら手当てしたのならボロも出るでしょう。――刀傷、か」

これで敵の尻尾が掴めるかもしれない。そんなことをお辰さんと頷き合いながら、義宗さんが嬉しそうに笑う。

「お役に立ちそうでなによりです。剣を手にしていてよかった。――ほかにも手伝えることがあればなんでも仰ってください。この神泉信行、死力を尽くします」

「信行どのが一緒なら心強いです」

「病み上がりなのに見上げた根性だ、気に入ったぜ。やっぱりあんた義坊の婿に……って、冗談だよ」

「こほん。……では方針は『右手に傷を負った男』の情報を集めつつの見回り、巡回、ということでよろしいですね？」

「手数があったほうがいいだろう。若い衆にも手伝わせるぜ」

組織の頭の動き、さすがだな。数の強さを心得ている証拠だろう。

「方針は決まったな。じゃ、そっちは頼むぜ義坊」

「引き受けましょう。さ、信行どの、江都をご案内いたします。歩くうちに記憶を取り戻すきっかけも掴めるかもしれませんしね」

「ありがとうございます」

昼過ぎにいっかい珠樹の待つ越後屋に寄ることにして、僕は義宗さんと連れだって出かけることにした。お辰さんは部下とともに広範囲の聞き込みだ。

さて、どうなる？　この一件。これ以上の被害を出してなるものか。放ってはおけない。

「ノブさんノブさん」

と、そこでお辰さんが耳打ちしてきた。

「義坊が男を誘うなんて、よっぽど気に入られたんだな。このタラシめ。な、義坊に男を教えてやっとくれ。堅物の世話、たのんだぜ？」

「お辰さん？」

「江都、ひいてはこの国の未来を変えるかもしれねえ。冗談でもなんでもなくな」

「そんな大げさな」

「それくらいの気概でぶちかませってことだ。気張れよ、若ぇの」

なんてことを言われながら送り出された。

江都っ子の気質、なのかねえ……ふぅ。

◆　◆　◆

「例の男は養生所に来ていなかったですね」

駒込を歩く途中、情報を整理する。訳ありや貧困などで医者にかかれない人を治療する診療所だけに件の賊も来てはいないかと思ったが、空振りだった。

「盗賊に身をやつすくらいですから、もしかしたらと思ったのですが」

「幕府のお墨付きの診療所ゆえ、警戒したのかもしれません。僕らもめ組に運びこまれた直後でしたし」

……そう思うと口封じのために乗りこまれてもおかしくはなかったんだな。恐らくそれで足が付くリスクと天秤にかけ合ってとも考えられる。

「逃げの一手を指示した者の手際とみるべきでしょうか」

義宗さんもひとつ唸ると考えこむ。

「やはり自ら手当てできる施設、仲間、活動資金があると見るべきでしょうか」

「規模の大きい組織なのかもしれませんね。しっかりと見て回りましょう」

っと、お腹が空いてきたな。

「そのまえにひと息入れましょうか」

「そうですね」

僕と義宗さんはそのまま神太川沿いを歩きながら、ひと息つけるところを探しつつ。この時代は屋台がメインなので川沿いや人の往来するところにはけっこう見受けられる。老若男女、気軽に立ち食いしてるようだ。

烈斬曰く「ソバに天ぷら、寿司に串焼き。店の中だと定食や酒、だな」とのこと。さすがに武家の子女は見受けられないが、けっこう気軽に用いられてる様子だ。

寿司に天ぷらか。さすが海や河が多い地域。豊富な食材が食文化を育んでいるのだろう。

こうして義宗さんが案内してくれているのは僕が失ったとされている記憶の復活のためなんだが、なんか申し訳ないけどいまを知るためにはけっこう重宝してたりする。

定食や酒というほどではないし、武家の子女たる義宗さんと買い食い立ち食いはさすがに武門の風聞に障りそうだしな。

「おっと、甘味処がありますよ？」

「あんみつ――いいですね」

見かけた甘味処は結構な盛況っぷりの様子。ここからでも地元に愛されてるのがわかるというもの。あそこで少し休んでいこうか。

甘い物も久しぶりだなあ。疲れた体にはちょうどいいかもしれない。僕は連れだって暖簾をくぐると、席が空いていないか軽く見回してみる。

「もしかして旦那ですか？」

甘い香りとともに割烹着姿の少女が声をかけてきた。りんちゃんだった。店の奥から接客のために出てきたのだろう。

「ここで会うなんて偶然だね。りんちゃんは万屋のお仕事かい？」

「はいです。風邪を引いた娘さんの代わりの臨時手伝いです」

「お知り合いですか？」

「ああ、義宗さん。こちら長屋の隣りに住んでるりんちゃんです……って、りんちゃん？」

彼女は柱の陰に。猫だ。人見知りしてる猫だ。いや接客でそれはだめでしょりんちゃん。

「えっと、そちらのお侍さまは？」

「申し遅れました、私は徳田義宗。故あって信行どのと行動をともにしております」

「りんです。越後屋さんの長屋でお世話になってるです。よ、よろしくお願いするです」

と、おずおずと頭を下げる。僕のときより慣れるの早いかもしれない。

「で、ご注文は？」

おや早速の店員モード。僕らは席に着くと、壁のお品書きを眺めながら無難にあんみつを頼む。義宗さんはお団子だ。

ぺこりと一礼して奥に戻るりんちゃんを見送りながら、ふと顔を動かさずに店内を見て回る。

「腕の傷、ですか？」

気が付いた義宗さんが小声で問いかけてきたのでひとつ頷き、視線を戻す。

「ものを食べるときは袖から腕が覗きやすいですからね。気にはなります」

「被せるように斬った二の腕でしょうから、手首のあたりまでは傷があるはずですものね」

この中にはいそうもないか。

ひと休みしたら、越後屋によって……そのあとはひとりで見て回るかな。

「おまちです」

そんなことを考えていたら、あんみつがやってきた。白玉もあんこもどっさりの、甘党大喜びな盛り方をした……というかすごいなこれ。

「江都っ子はこのくらいぺろりなんですか？」

「い、いえ、その、どうでしょうか」

「この店であんみつといったら、この山ですよ。名付けて『魔雲天《まうんてん》』の半分盛り、とおだんごです」

これで半分？　山。――まさに、黒光りするあんこの山。これで半分か〜。まさかこの時代から盛りの文化があったのか、驚きだ。

「仕事中だろうけど、よかったらりんちゃんも食べる？　僕らには少し多くて」

「いいんですか⁉」

あ、食いついてきた。さすが昼前のりんちゃん。予想どおりお腹が減ってるみたいだ。

ここでダメ押し。

「助けると思って。残しちゃうともったいないから」

と、あんこの山を義宗さんと削って小鉢にとりわけ、りんちゃんに差し出した。

「し、仕事に私情は……」

といいつつ、ふらふらと。

「一緒に食べる約束だろう？　契約契約。お仕事お仕事。ね、りんちゃん」

「そ、そーいうことなら仕方ねーです。報酬は頂かないと」

「客をもてなすのもお仕事でしょう？」

「あ～、なんて横暴なお客さまでしょうか。ですが、お仕事なら断れね～です～」

見事な棒読みで席に着くりんちゃん。

「ではいただきんむっ！　はむっ！　ん～！」

美味しそうに食べる猫を見てる気分だ。

「ごくり」

実に美味しそうに食べるりんちゃんを見て、お団子片手に固まってる義宗さん。すさまじいあんこの山をぱくぱく食べてるのを見て、目がキラキラと。もしかして食べたいのだろうか。女の子だし、あんこ好きなのかな？

「ひとくち食べますか？　小鉢がないからこのままですけど。大丈夫、まだ口は付けてないですよ」

僕はひと匙、やや多めに白玉とあんこを載せたものを差し出す。……つい珠樹にするようにしちゃったが、「あ～ん」の状況だ。……他意はない。とりあえず小鉢ごとさらに差し出す。

「こ、これは――」

ごくりと息を呑む義宗さん。なにやら「好意はありがたく受け取るのが武門の――」とろうかな。

か「無駄にしてしまうわけにはは……」とか呟いているが、武門の作法としてはダメなんだ
「どうなの？　烈斬」

「それをオレに聞くぅ～？」

ともあれ、義宗さんははっと顔を上げる。

「これは仕方のないこと。せっかくのご厚意を無駄にはできません！　い、いただきます！」

そしてそのまま匙を口に運ぶと――。

「はぅん！」

目をもっとキラキラさせて悶えた。……悶えた？　ううん、そうだな、うれしがった？

いや、なんか悶えた気がする。

「なんですかこれは、塩辛くありません！　さ、砂糖たっぷりのあんこがこんなにも美味だったとは！　白玉と黒蜜との相性も抜群です！」

凄い喜びようだ。

「栄養価の高さもお墨付きです。本気の『魔雲天』は米一升分とのこと」

「なんという罪深い味！　まさに魔性の食べ物ですね、もぐもぐもぐ」

いい食べっぷりだなあ。

「あ、調子に乗って食べすぎてしまいました。お返しいたします……」

耳まで真っ赤にしながら匙を返してくるが、こんどは僕のほうが逡巡してしまった。珠

樹となら何度もしてきたことだが、なんというか異性との食器の使いあいは、ほら、ねえ。

「ノブユキ、どきどきしすぎ」

「烈斬ッ」

ともあれ、『魔雲天』の半分盛り、どうにか攻略できそうだ。

さて、りんちゃんも仕事に戻るみたいだし、昼まではまだ少し時間がある。

「義宗さん」

「は、はいッ」

「……？　ええと、このあとはどうしますか？　少しどこかに足を伸ばしますか？」

「そうですね――」

彼女は茶を啜りながら思案すると、ひとつこう提案してきた。

「拐かしの一件とは話が変わりますが……、あの宗春を覚えていますか？」

ああ、あのムネの素晴らしい……宗春さん。

「なにを思いだしてるんです？」

「いえいえ。その、覚えています。越後屋にいた気っ風のいい買い方をしてたひとですね」

「手鏡の件ですが、訊ねたところ、彼女の蔵で管理していた秘宝の中にも似たようなものはなく、以前越後屋で見かけたときも秘宝であるとは気が付かなかったそうです」

「聞いたところ、高俊さんが行商から買った物だそうですから、難しいでしょうねえ」

「ですが、宗春の周りには秘宝に関する情報が必ず集まってきますから、なにかわかった

ら教えてもらえるかと」

「宗春さんは苦手ではなかったのですか？」

「……そ、そうも言ってられないでしょう。信行どのも珠樹さんも困ってらっしゃいますし」

義理人情に厚いんだなぁ。

「ありがとうございます」

「それに」

そこでひとつ身を乗り出し、彼女は声を潜める。

「盗まれた秘宝が効果や価値も確かめられぬまま売りに出されることが何件かあるそうです」

「……秘宝の盗難と、流出？　宗春さんからの情報ですか？」

「此度の誘拐事件と関係があるかはわかりませんが、単純に金銭目的とはいえず、さりとて組織が大きいと窺えるなら――」

「別の収入源なり伝手は必須、ということですね」

あわせて気を付けないといけないことは多そうだ。

「最近も『怪力乱魔《かいりきらんま》』という呪われた甲冑が売りに出されていて、行方を追っているとか」

聞くだけに怪しい名前の鎧か。そいつはなにを糧に力を得るタイプの鎧なのだろうか。恐ろしいな。

「江都の光のその裏は、魑魅魍魎《ちみもうりょう》の跋扈《ばっこ》する巷というわけですね」

この町を守るとは、そういうものから護るということにほかならないのだろう。

「秘宝の件は、平行して探っていきましょう。手鏡については、まあ先々で訊ねるくらいで。とにかくいまは、『かみかくし』一味の捕縛でしょう。腕に傷を持つ男を捜しましょう」

僕は代金を置き立ち上がり、義宗さんも刀を腰にし、一緒に店をあとにした。

5

城下を半分ぐるりと回るように東側を見て回り、気が付けば武家屋敷が建ち並ぶ一画に。江都城も大きく見上げられるところだ。日も高く、どうやら昼近く。

「すっかり遅くなってしまいましたね。信行どのは越後屋さんとの約束があるんでしたよね」

「珠樹との、ですけどね。すみません、満足に見廻りを手伝えなくて」

「かまいません。越後屋さんの用事が済んだあと……」

と、義宗さんがふと言葉を切って視線を外す。なにやら感じた様子であたりを気にしている。

「うぉぉおおおおおおおッ！」

叫び声？　男の？

「なんでぃ、この雄叫びは」

烈斬も訝しげに呟く。

「やはりこの声は……！」

義宗さんが途端にオロオロし始める。僕はそんな状況に、無意識に烈斬の鞘に手を添え、右手をゆるく抜刀に備える。

「うおおおおおおお！」

通りの向こうから年嵩の男性が——武士だ——ものすごい勢いで駆け寄ってきている。雄叫びを上げているとおり切迫した顔のような鬼気迫る表情で、一直線に義宗さんに向かってきているではないか。

完全に及び腰の義宗さんだが、さてどう出ようかと思った瞬間に、その武士は土煙巻き上げ奇声を上げて立ち止まった。

「筋肉ぅううう！」

「うわぁ！」

なぜ筋肉？　いや、確かにこの老武士、鍛え上げられた体躯はまさに鋼といった風体だが、なぜ筋肉？　無駄にポージングしてるので暑苦しいことこの上ない。僕も引いた。

「やはりここでしたか、探しましたぞ！」

「爺、どうしてあなたがここに⁉」

「お辰どのから聞きまして。城東を回っていれば必ず来るだろうと思っておりました」

――ああ、この人が「くれぐれも」と頼んだという世話役のひとかな？　そりゃあ義宗さんも強く出られないのも頷ける。

「あはは、売られてやんの」

「烈斬どのッ！」

そこで老武士はポージングを解除しながらゆるりとした立ち姿で向き直ると一礼する。

「お初にお目にかかる。拙者は加納格道《かくみち》と申す者。卒爾《そつじ》ながらあなたは？」

「こちらこそお初にお目にかかります。神泉信行と申します。呉服問屋は越後屋さんの長屋に住んでおります。故あって、義宗さんと見廻りをしておりまして……」

「左様でしたか」

得心のいった顔で加納さんは頷き、じろりと義宗さんを一瞥する。彼女はそれで気まずそうに目をそらせてしまう。

「申し訳ありませんが、見廻りはここまでです。さ、参りますぞ。やっていただかねばならぬことが山のように溜っているのです」

「くっ！　もはやここまで」

逃げられないようにしっかり手を掴まれている上に、さすがに観念したかのように抵抗もしない彼女。加納さんもひと安心したかのように静かにため息をつくや、気を取り直すように目礼をしてくる。

「またあした頑張りましょう。長屋で待っております。……め組の聞き込みに期待して待っていてください。僕は僕で動きたいと思います」

「ありがとうございます。では、これにて」

一礼し去っていく彼女。加納さんも静かに礼をし、僕もあわせて挨拶を返す。

「今日も明日も明後日も、爺の目が黒いうちはどこにも逃がしはいたしませんぞ」

「くっ！」

遠ざかる背中越しにそんな言葉が聞こえてくるが、やはり家中の者からしたら義宗さんが日中だけでなく出歩き、刀刃舞う可能性がある場所に身を投じようとしているのは由としないだろう。……それに、城勤めであろう武門にはやることも多いのはなんとなくわかるし。

加納さんは通りの端で義宗さんを担ぎ上げると、問答無用で待たせてあった籠の中に放りこむ。筋肉も心胆も、鍛え方は伊達ではないらしい。

「ありゃあ結構な力自慢だぜ。いちどお手合わせ願いたいもんだ」

「烈斬はああいうタイプが好みだったのか」

「ちげえよッ」

手合わせか。強いものを見ると試したくなる。義宗さんみたいな物言いになってしまうが、剣者の執着であることは間違いない。

機会があれば義宗さんらの胸を借りたいところだ。きっといまよりも強くなれる。

「それにしてもわざわざ探しに来るとは」

貧乏旗本の三男坊を、だよ？　もっとも、付き合いのある宗春さんらを見ていると、やはりどこかのお姫さまなのかもしれないな。

「おっと、急がないと」

「ノブユキ、新本橋まで急ぐなら、徒より船だぜ？　乗り合いの船が出てるから、乗って見ちゃどうだ。水面を滑り往く船からの景色もまた、乙なもんだからな」

その案に乗った。

湯浴みに出かけただけでだいぶ冒険してしまったな。早く戻らなきゃ。

僕はそのまま乗り合い桟橋までいくと、ちょうどあの「舟が出るぞ〜」という有名なフレーズが聞こえてきたので、その高瀬舟に飛び乗るように乗船した。船賃を払い、一路川を下り新本橋に。

結局、正午過ぎに到着。あの見慣れた川辺に降り立ったときは、けっこうギリギリ遅刻な頃合い。

珠樹のヤツ、むくれるかもしれないなあ……。

◆　◆　◆

遅刻したことによる珠樹のペナルティはすさまじかった。僕と烈斬は客間で正座させられ、上座の珠樹にジト目で睨まれている。

「小言くらいは覚悟しろっていったけどよ、ノブユキ。おめえの妹のこれはどのくらいヤバい状況なんでぃ？」

烈斬の小声に僕は「相当」とだけ短く答える。

こちらは身じろぎもできず、珠樹からの怒気を前にひたすら恐縮する始末。無言なんだけど怒気の波を感じられるだけあって百万のお叱りを受けているに等しい。

遅刻したことによる「大事な話」の機会損失は甚だしいものであることが窺える。

「まあ……」

どのくらいの時間が経ったか、そう口を開くや珠樹からの怒気がゆるゆると収まっていく。

「お兄ちゃんに怒っても仕方がないことだけど、お兄ちゃんに文句を言わないことには収まりそうもなかったけど、ここは烈斬を塩水に沈めるくらいで許すとしますか」

「よかった、それくらいでいいなら」

「タスケテノブユキ！」

冗談だよ。

「なにがあったんだよ珠樹」

「……あたしの病気のせいで、高俊さんがいろいろなものを集めてた話は聞いてるでしょう？　そのあたりの皺寄せというか、いろいろ借金があってね。そのカタにあたしの嫁入りの話が出ていて、どうにかこうにかいなして先ほど先方にはお帰りいただいたというだけの話なんですよね」

一気にまくし立てる声には怨嗟そのものが。よっぽどの相手なのだろう。珠樹がこうも嫌悪するなんて相当なもんだ。

「札差の大口屋、かぁ」

「札差は米を金に換える両替商。ノブユキらには馴染みは薄いかもしれないが、石高や扶持米みたいな言葉に表れているとおり、武門の給料は基本は米。それだけだと買い物ができないから、金に換える商売が成り立っているというわけだ」

「なるほどなぁ」

「これがまた勘違いしたチャラチャラ男で自信満々で嫌みったらしくて金に物を言わせて用心棒やら女性やらを侍らせていて視線が気持ち悪くて爽やかさのカケラもないの！」

「相手は相当だなノブユキ」

「だからお兄ちゃん成分で癒されないとダメなの！　ギュってして！　さもなくばギュッてする！」

「はいはい」

先んじて妥協するように頭を撫でる。

しかし、借金か。重い話だ。それだけに妹の身柄をカタに取り上げようとするのは許せないな。高俊さんも苦しいところだろう。返せるなら金員で返したいところだし、さりとて自分の愛娘を文字どおり売り渡してチャラにするような御仁ではない。つらいところだ。

なによりより珠樹が怒り狂ってる。幸せな結婚とはいかないだろう。それだけで反対する理由になる。

「金は天下の回り物、か」

難しいもんだなあ。

「剣で解決できることはあまりにも少なすぎるね、烈斬」

「だからこそ、剣でしか解決できないことをしっかり解決できるようにしとくのが武士、剣者の務めってことになるな」

さて。珠樹の頭を撫で終えながら考える。

「珠樹に――越後屋さんにここまで強引に迫ってきたのは、『かみかくし』……拐かしの一件があったからだろうね。嫁候補が襲われたんじゃ気が気ではないということだろう」

疵物にされたくないのか――という思いは珠樹の前では口にはできない。

「珠樹は可愛いからなあ」

「ほんと⁉」

「アホか。ノブユキお兄ちゃんからの慰めのヨイショに決まってんだろってオイオイオイごめんなさい塩水は堪忍ッ」

キジも鳴かずば撃たれまい。

「珠樹のような痛い子を気に入ってたらそれはそれで大問題だしなあ」

これはぼそりと呟く。

「事前にいて欲しかったのに遅刻なんだもんなあ」

「ほんとごめん。ちょっと義宗さんと出かけてて」

「なんでお風呂に行っただけでそうなるの？」

「ノブユキ、言い訳はやめとけ。珠樹が聞いたら絶対に怒る」

そうですね。

「なに？　なんのこと？」

ジト目。

「騒ぎが大きくならずに済んでよかった。僕らがいたら無駄にややこしくなった可能性もある。しょせん横槍に横槍を喰らわせるようなものだしね」

「うう～」

ともあれ、話はここまで。僕らは高俊さんに挨拶をしてから長屋へと戻り、まずは落ち着くことにした。

――ちょうど烈斬を刀掛けに置き、腰を下ろそうとしたそのころ。

「御免。部屋の主はいるか」

固い男の声が聞こえてきた。番頭さんかな？　と思い出てみると、そこには同心姿の見慣れぬ男の人が。

「神泉信行どののお住まいはこちらで相違ないか？」

「信行は私ですが……」

「話に聞いていたより小柄だな。見廻り同心の鶴岡だ。拐かしの件について、少々訊ねたいことがある。よろしいか？」

ああ、事情聴取の一環か。そういえば町方に話してはいなかったはずだったな。

「鶴岡さん？」

と珠樹が聞きつけて顔を出すと、同心は「ほほう」といった表情で話を向ける。

「越後屋の娘も一緒だったか。あれからなにか思い出したことはないか？」

「前にお話ししたとおり、すぐに気を失ってしまったので――」

なるほど、珠樹は僕より先に目が覚めていたし、事情はすでに聞かれていたってことか。

「まあいい、確かになにも知らなそうな顔をしているな。……ならば越後屋の番太、怪我はもういいのだろう？　覚えていることがあれば教えてもらおう」

ふむ、と考える。刀を握る前後、特にことの起こるところは記憶になく、刀を手にしたあとのこともろくに覚えてはいない。

「それが打ち所が悪くなにも覚えてない始末でして」

「診療所の者もそう言っておったな。――ならば」

そこで同心の鶴岡は一歩こちらの顔を覗きこむように近づき訊ねてくる。

「賊の顔も覚えていないのだな？」

「はい」

覆面をしていたし、この時代の人間に知り合いもいない。月夜とはいえ薄暗く、見えたとしても誰が誰だかわかるはずもない。

「そうか、覚えてはいないんだな」

そう念を押す同心。やや安堵したかのような表情が気になったが……。

「そうだ」

僕は思い出した一件を伝える。

「賊の右手を斬りました。怪我を負っていると思います。深めの刀傷です。それだけははっきり覚えています」

「それって大きな手がかりじゃない⁉」

珠樹の驚きに鶴岡同心もフムと唸る。

「江都にどれだけの人間がいることか。喧嘩も日常茶飯事、怪我人も溢れておるしなあ」

火事と喧嘩は、か。

「しかし深手です。治療は受けているはずですから、その線から当たってみては？」

「番太風情が町方に指図するな。……まったく、顔を覚えていなければ人相書きが作れぬではないか。奉行所に断りもなく調べ回るなど、邪魔をしたいのか？　素人は引っこんでおれ。よいな？」

「…………」

「現場で顔を合わせようものなら、問答無用でお縄にする。覚悟をしておくように」

そう言うと彼は肩で風切り長屋を去って行った。

「あの鶴岡さん、同心の末席だけど直参旗本なんだよね。威張り散らしてるけど、逆らうと面倒なの」

珠樹が疲れたように肩を落とす。

借金のカタに身請けされそうになったり、あんな同心にいいように言われたり、散々なのは察することができる。

「かみかくし、か」

あの態度、奉行所にも焦りがあるのだろう。

しかしさらった子女を売り渡さず、危険を冒してまで身代金で片付けること。それでもなお、珠樹を襲ったときはそんな人質を傷つける刃傷沙汰を起こしている。

足が付くリスクがあるにも拘わらずだ。

アラが目立つ。実行犯とは別に画策指揮してる者との齟齬《そご》が出てきているのだろうか。

「証拠さえ揃えば進展するはず。明日も見廻り頑張るか……」

第三章　かみかくし

1

それから日が暮れて夕食時。

「りんちゃん遅いな」

隣を伺ってみてもまだ帰ってきていない様子。甘味処の仕事が押しているのかもしれないが……。

もう暗くなるし、迎えに行ってあげるとしよう。なにせお腹も空いたし、食べるときは一緒じゃないと。勝手になにか食べたら怒られてしまいかねない。

「烈斬、ということでりんちゃん迎えに行こうか」

「お腹空かせて泣いてたらいけねえから、飴でも持っていってやんな」

ははは。……いや、それもいいか。ちょうど復帰したときに長屋のみんなからもらった食材の中にお菓子――飴があるし。

烈斬を腰に飴の袋を抱え、甘味処へと急ぐ。

川辺を進み、夕暮れの町を歩く。昼前に通ったときに比べて屋台の数も少ない。そろそろ店じまいの時間なのだろう。

先に件の甘味処が見えてきたので急ごうかと思った矢先。

「待ちな」

　腰の烈斬が声を落として制止する。その声色から真剣味を受けた僕は歩調を緩め、鞘に手を添える。

「そこの曲がり角を見てみろ」

　声では答えず静かに壁際に寄ると、覗きこむように路地の奥を窺った。

　……。

　割烹着姿のりんちゃんが、商人風の男と立ち話をしていた。男は袖口に手を入れるよう腕を組んでいて、一言二言いうたびに周囲を警戒するようにぎょろっとした目で探っている。

　りんちゃんは面白くなさそうな顔で……いや違うな。努めて表情に感情を出さないようにしている様子で、促されるまま男と一緒にそこから横道に入る。

「様子がおかしいね」

「ああ。注意していけ」

　ひと呼吸置いてあとを付ける。鞘が壁を叩かないよう落とし差しにしながら横手角。店の裏手で人気はなく、薄暗さもひとしおだ。

　顔を覗かせるのは危険だ。どうにか話の内容を捉えなければ。耳を向ける半身で、頬越しに裏手を窺う。

「押しかけて悪かったな」

「外では顔を合わせない約束です」

「けど急ぎなんだ。明日の晩お勤めがある」

「明日？　仕込みもせずに急ぎ働きだなんて」

「旦那がおかんむりでな。すぐに金が必要なんだよ。相手はちょっと厄介でな、腕利きをふたりも雇ってやがる。あんたの力が必要なんだ」

「…………」

どういうことだ？　腕利き……？　りんちゃんに『お勤めの手伝い』？

「次のお勤めまで力を貸してくれる契約だ。……謝礼も弾むからよ」

契約。仕事。りんちゃんがこだわるフレーズだ。それを出したということは、相手はりんちゃんの性格を知っているということだ。それを盾にしているのはよほど次の『お勤め』とやらをしくじりたくはないのだろう。

どんな奴らの仕事を請け負ってるんだ、『万屋』さんは、まったく。風体以上に危ないヤツみたいだしな。

「先だってあなたたちは契約を破りました。それは理解していますか？」

「本当に済まねえと思ってる。身に染みたよ。俺らもことを荒げたいわけじゃねえんだ。あんたの腕なら穏便にことがこなせる。俺らもいうことを聞く。俺たちだけじゃあはいかねえ。な？　頼む」

「…………むぅ」

文字どおりの拝み倒しだ。

暗にりんちゃんが手伝わなければ、『荒事にしてでも』なにかをするつもりなのは明白だ。言葉の端々は聞き取りにくいが、不穏な企みなのは明白だった。

「おい、聞き分けてくれよ！」

「ッ⁉」

業を煮やしたのか、男が右手を振り上げた。

りんちゃんに暴力を振るう気か？　これは様子を窺ってる場合じゃないな。

「ああ、りんちゃん、こんなところにいたのか」

僕は一歩踏み出し、ひと声かけて歩み寄る。

「……お、お前は⁉」

男が狼狽する。僕は小首を傾げて一瞥すると、りんちゃんに向き直る。

「旦那？」

「ごめんねりんちゃん。ええと、そちらは知り合いでしょうか？　すみません、お話の途中に。夕食のお仕事に来ないから迎えに来たんですよ」

男はなにも答えずに舌打ちすると、振り上げた右腕を下ろして逃げるように去っていく。

さてと、いまはりんちゃんと話そう。

「大丈夫かい？　だいぶ言い寄られてたみたいだけど」

「あれくらいどうってことはねーです」

「男女の仲のことはあんまり首を突っこまないほうがいいとは言うけど、老婆心ながらあの手の男に填《は》まると苦労しそうだよ？」

「……は？」

　まあそれはともかく。

「とにもかくにも、お腹が空いたから探しに来たんだ。ご飯は一緒に、だろう？　もう仕事はいいのかい？」

「そ、そうでした。すぐに戻ります」

　どうも見ちゃいけない類いのものを見てしまったせいか、いや、見られたくないものを見られたという気後れのせいか、元気がない。

　僕は飴の袋を見せる。

「飴ちゃん要る？」

「子供扱いしないでください」

「そっか、残念……っと」

「飴はいただきます」

　しまおうとした手を止められたので、そのまま袋を渡す。そのままひとかけら口に入れると、彼女は落ち着いたように目を細める。

「返さないですよ？」

「反応が可愛くて見てたんだ」

「こ、子供扱いはしないでください」

「はいはい。飴舐めながら僕と一緒におウチに帰りましょうね～」

「ノブユキから犯罪者の匂いがする――」

烈斬うるさいよ。

ともあれ、僕らは歩き出す。

だが、りんちゃんはすぐに足を止めてしまい、力の抜けた表情を僕に向けてきた。

「男のこと、訊かねーんですか？」

「訊かないよ」

僕は先を促す。

「言いたくなったらでいいよ」

「旦那はおかしな人です。よくはわかりませんが、やっぱり旦那はおかしな人です」

そして彼女はズンズンと先に行ってしまう。表情を見られたくはないのかもしれない。

僕はそのあとを追いかける。

「烈斬」

「ああ、わかってる」

僕は確認するよう小声で訊く。

「あの男、右手に手当てをした跡があった」

荒く巻いた晒布《さらしぬの》には、多少の滲みもあった。薬か血か、化膿した体液か。

痛みもまだあるだろうに。袖で隠してたようだけど、りんちゃんに手を上げたときに見えた。

「さて、どうするかな」

ことはただでは済まなくなってきた。

前を行く少女の関わり合い具合によっては、どう出るのが正解か。僕だけでは判断が付かないかもしれない。

「待って、一緒に帰ろうよ」

「旦那、犯罪味ある声かけ案件ですよ」

「まだいう？」

それでも肩を並べて歩いていると、ふと桜の木の下で泣く女の子と出会った。泣きべそをかいたまましゃくり上げているので、さすがに気の毒になって声をかける。

「おじょうちゃん、どうしたんだい？」

「事案です」

「事案だな」

ふたりとも黙って。

女の子はべそのまま桜の木、その上を指さした。太い枝の上に白い影がチラチラ動いている。どうやら子猫のようだ。降りられなくなったのか「みーみー」と心細く鳴いている。

「登ったはいいけど、降りられなくなったんだね。揺らして落とすなんてわけにもいかないし」

「しかたねーです。後払いでいいですからね」

りんちゃんは飴の袋を僕に預けると、木の幹に片足をかけるや——。

「はっ！」

まさに軽業。階段を駆け上がるように子猫の所にふわりと降り立つと、そのまま抱え上げ、これまたふわりと降りてくる。

「いい子ですね。よく暴れませんでした。お渡しします。大事な家族ですからもう離さないようにしてくださいね」

「ありがとう、お姉ちゃん！」

「ではお代を」

容赦ないな。

「このお姉ちゃんは『万屋』さんでね。ご飯をごちそうするとなんでもしてくれるんだ」

「言い方はともかく間違ってはねーです」

「なにか食べ物を持ってないかい？」

「ん〜」

少女は懐から割れたあめ玉を。ひとつを割って、何回かに分けておやつにしてるのだろう。

りんちゃんはその中から小さいものをひとつつまみすると、子猫の頭を撫でてにっこりと笑う。

「お代、確かに頂戴致しました。今後とも万屋をご贔屓に。猫ちゃんも鍛錬を怠りなく。いずれ高い木の上も平気になるでしょう」

「み〜」

通じたらしい。さすが猫。

女の子は子猫ともども手を振って帰っていく。もう日暮れ、親も心配する頃合いだ。解決できてよかった。

少女の背が見えなくなるまで見送り、僕らは再び歩き出す。

「さすがは万屋りんちゃん。報酬もしっかり頂いてたね。はいこれ、飴」

「それが私の仕事ですから」

僕の渡した飴ではなく、小さいカケラのあめ玉をパクリと。

「誰かのよろこぶ顔は、幸せで胸が満たされます。美味しいご飯をごちそうになったときのように心が満たされるんです」

「人の笑顔が報酬ってわけだ」

「笑いますか？」

「僕だってそのために強くなろうとしたんだ、笑わないよ」

「旦那と同じ……」

考えこむりんちゃん。その沈みかけた顔に問う言葉は持ち合わせていない。

「あの。…………いえ、なんでもありません」

りんちゃんはそそくさと先を歩き始め、肩越しに笑顔を向けてくる。

「市場に寄ってから帰りましょう。この時間ではあまり期待できないでしょうけれど」

「野菜は駄目だろうなあ。干物はどうだ？」

食べるわけではないのに烈斬がひょいと口を出す。このタイミング、和むよう狙っていたに違いない。

「いいですね。日持ちする物を買って帰りましょう」

日が沈む江都の町を、僕とりんちゃんは肩を並べて歩く。この子は真面目で優しい子だ。見ていてそれがよくわかる。

さっきの男との関係もいくらだってごまかせたはずだ。でもそれをしなかった。嘘をつきたくなかったからかもしれない。

いまは信じて待とう。彼女が説明してくれるそのときまで。

2

「りんちゃんが料理上手なのは、万屋として仕事をこなしてきたからなのかい？」

「逆です。ひととおりの家事を習得したのでそれを活かせる仕事に就いたのです」

食後、落ち着いたのでお茶を飲みがてらそんなことを訊いた。烈斬が「どこぞのお屋敷で奉公でもしてたのか？」と聞くが、りんちゃんは首を振る。

「各地を転々と、ですね」

家格がある子女は奉公して嫁入り修行をするということも見受けられるが、そういうわけではなかったらしい。

「そっか。小さいころから頑張ってきたんだねえ」

「な、なでなでしないでください！　……はふぅ」

でも避けないのが可愛い。

「お仕事頑張ったら、たくさんなでなでしてあげよう」

「お、事案か？　ノブユキ、本物になったか？」

烈斬うるさい。

「お仕事頑張ったら、頭ぽんぽんしてくれるです？」

「追加報酬。ご飯となでなでの二段構え。飴ちゃんもあげよう」

「大盤振舞い。御仏の化身ですか⁉」

「犯罪者予備軍にも見えるがなァ」

そんなこんなでやる気を出してもらった晩、りんちゃんを見送ったあと、僕は床に就きながら考える。

「なんとかしてあげないとなあ」

考えることはたくさんあった。いっこいっこ解決していくしかない。

◆◆◆

薄い壁を隔てた部屋に旦那が寝ている。静かな寝息が聞こえてきそうだ。病み上がりだし、もう寝ているのかもしれない。

旦那も、珠樹さんも、周りの人もいい人だ。なんとかしてあげたい。

「……いえ、深く関わらないでおきましょう」

ワタシは雇われの身。越後屋に近づいたのは目的があってのこと。いまの距離感を保ちましょう。

しかし周囲がそれを許してはくれない。長屋の皆さんも親しくしてくれる。笑顔を向けてくれる。ありがとうと言葉もくれる。気さくに話しかけてくれる。

だからこそ困る。なんと返せばいいのか。

仕事はできるが愛想がないと、なんども指摘される始末。笑顔の練習でもしようか。笑うのが上手くなったら旦那は褒めてくれるでしょうか。また撫でてくれるでしょうか。

しかし、いま頑張るべきは、それではない。

いまはお勤めがある。いちど交わした契約は絶対、それが万屋としての矜持。次のお勤めを果たせば契約満了。上手く手引きすれば誰も傷つかずにすべてが丸く収まる。

……本当に？

それでも渦中に巻きこまれた者は心に傷を負うだろう。少なくはない金員も失われてしまう。丸く収まるなんてあるはずがないのに。

「ごめんなさい」

壁越しに言葉を投げかける。旦那はワタシが話すまで待つだろう。そういう人だ。お人好しの優しいお侍さま。あの人なら信用できる。旦那なら信頼できるかもしれない。きっと――。

「ごめんなさい」

口にするたび、どろどろしたものが体の奥から噴き出してくる。言葉に絡むように喉から溢れてくる。胸も心も、焦げ付いていく。

みんなの笑顔や、撫でてもらったときの気持ちを思い出そうとしてもうまくいかない。

もう二度と、あの気持ちは味わえないのではないかという気がしてくる。

「ごめんなさい」

そう思うと余計に苦しさが増してくる。

「ごめんなさい」

あといっかい。最後のお勤め。それが終われば……ワタシは。

◆　◆　◆

「あのね、お仕事を頼みたいの」

「……おはようございます」

目が覚めると宗春さんがいた。

「烈斬？」

「だって黙ってろって言われたからょ……」

歯切れが悪い。寝てたのか？

「いいところの婦女が、朝駆けで男の枕元になんて叱られませんか？」

「まあまあ。……あ、いい香りしてきた。アジの干物かしら」

りんちゃんも来てたのか。しじみの味噌汁のいい匂いもする。……って、そうじゃなく。

「ということでおはよう、ノブさん。ね、お仕事を頼みたいの」

「ともかく、着替えるので少しお待ちを。あの、よかったら朝餉をご一緒します？」

「ご一緒します」

炊事場に声をかけると、すでに三人分焼いてる様子。さすが、卒がない。というか人が寝てる間になにしてるんだ？　気が付かない僕も僕だが。

「おりんに嬢ちゃん、大食いふたりか」

「あらやだ烈斬。大食いじゃなく美食家と仰ってちょうだい？　まずい料理には興味はないの」

りんちゃんのご飯は美味しいものね。

「では取り急ぎ、朝餉の用意ができたです。どうぞこちらに」

りんちゃんがちゃぶ台を出し、おひつや干物、一汁一菜を追加して並べていく。う〜ん、新本のご飯だねえ。

長屋のみんなが代わる代わる外から覗きこんできてるけど、井戸端はさぞゴシップに溢れた会話が交わされてるんだろうなあ……なんて思うと、誤解を解くのも面倒くさい気持ちになる。大家の娘や隣の娘、果ては綺麗な美人まで引っ張りこんでる男と噂されてたりするのだろう。

まあそれはそれとして。

「さすがに良家のお姫さまだとは気が付いてないでしょうが、あまり長屋に乗りこむなんて真似はですね」

「城詰めの役人でもない限り顔を見ただけでわかることはないと思うわ。それに、『派手な買い物をする甘味好き』のほうが目立ってると思うしね」

「確かになぁ。歌舞伎者としてのほうが有名だものなぁ」

「うちの藩士には私の友人として紹介はしておいたわ」

「よかった。友人ということでお願いします」

「そう？　そうよね！　それなら友人ということでよろしくお願いするわ！」

嬉しそうだ。犯罪者予備軍とまで昨日言われてるから、無難で嬉しいことこの上ない。

しかしまあ、深く考えたら恐れ多いのだろうが、広く考えたらやっぱり友人だものね。

「宗春さん、どうか変わらず僕と接していただけると嬉しいです」

「そ、それはこちらからもお願いするわ」

「よかった、ではお言葉に甘えます。いまさら態度を変えるのも失礼かなって思いまして。

『そのような場』でないかぎり、素のままということで」

「じゃあこっちが、素の方ということ？」

「そうなります」

宗春さんはにっこり。気兼ねないのは向こうも楽なのかもしれない。

「もう、正直な人」

「はいはい、いちゃつくのは食べたあとでお願いしますよ。片付かねーですから」

「はい。ではいただきます」

「いただきまーす」

しばし舌鼓を打ちながら朝餉を楽しみ、煎れてもらったお茶を飲みながら僕らは話を続ける。りんちゃんは気を遣ったのか洗い物に出て行った。表の野次馬も上手く散らせてくれたようだ。さすがりんちゃん。

「ところで今日はなんのようだ？　飯食いに来たわけでもないんだろう？」と烈斬。

「今夜大事な取引先と一席設けるんだけど、そこで護衛役をして欲しいの」

「宗春さんのですか？」

「ええ。会談の間私の傍にいてくれるだけでいいわ。謝礼も弾むし、悪い話ではないでしょう？」

「しかし、藩士ではなく僕なんですね。ともあれ、僕の力が必要なら、手を貸しますよ」

「ありがとう。それでこそ私が見込んだ殿方だわ。やっぱりノブさんでないとダメね」

どういう意味だろう。

「あなたなら変な誘惑には惑わされず、真実を見てくれると思うから。――会談の相手はよくない噂のある旗本で、思ったより顔が広いの。金と女と権力、そのあたりの人の欲につけこんで根回しをしてくる可能性があるから……」

なるほど、藩士はすでに丸めこまれてる可能性があるのか。

「末端まで目は届かねえってか？」と烈斬。

申し開きもないわねといったような顔の宗春さんが苦笑する。

「情けない話だけど、ウチはそういうのに緩くて。今回の交渉は張る張らないの大博打みたいなもの。話の途中で後ろから刺されたらたまったものじゃないの」

そこまでの事柄か。家を思えばありうる話だ。

「なるほど、だから僕ですか」

そこで宗春さんは居住まいを正すと、しっかりと僕に対して礼を取って頭を下げる。

「どうかお力をお貸しください、信行どの」

「お顔を上げてください。僕の答えはもう決まっています。お手伝いいたします、宗春さん」

僕も正座で正対し、ひとつ頷く。

「そ、それならその……。よろしく」

「はい」

このほうが、友達らしい。

「それ以上いちゃつくと珠樹が拗ねるぞノブユキ」

「いちゃついてないから」

ともあれ、仕事は引き受けることにした。

「申《さる》の刻に屋敷を訪れてちょうだい。場所は越後屋の人に訊けばわかるわ」

申の刻……「昼の三時だ」と烈斬が耳打ちする。となると、先に支度を済ませるわけか。

「それではよろしく。このことは他言無用で」

そう念を押して宗春さんは帰っていく。ほんとにひとりで来たんだなあ。

「しっかり筋を通してきたな。頭ごなしに命令してもいい身分なのによ」

烈斬がしみじみそう呟く。

「ダチのままでいたかったんだろう。女殺しだなノブユキ。いつか刺されっぞ」

肝に銘じておくよ。

……ともあれ、宗春さんの屋敷に向かうのは三時過ぎ。湯屋に行き、それから見廻りに赴くとしよう。だがその前に――。

「烈斬」

「なんでぇ」

「力を借りたい」

腰から「待ってました」と言わんばかりにカタカタとした応えが返ってくる。

「このままじゃ満足に戦えない。今日明日にも命の遣り取りがあるのなら、烈斬を使いこなす必要がある。付き合ってもらうよ？」

「それこそ、答えなんて決まってらぁな。いいぜ、ひとついいのを伝授してやる。覚悟が決まってコツが掴めたらすぐだが、泣き言は聞かねえからな？」

「じゃあひとっ風呂浴びる前にやりますか」

「かははは、胎は据わってるみてえだな」

いいねえいいいねえと、烈斬は嬉しそうだ。僕も心が高揚する。求められた。だから応えたい。ただそれだけの思いが僕をこんなにも鼓舞している。

「助けてもらったときの義宗さんの姿が脳裏から離れない。あの強さ、僕にももてるだろうか。借り物じゃない、僕の強さを」

「持てるさ。オレの力は貸し与えるものじゃない。術ってのは宿すもんだ。魂に刻みこむように教えるが、その楷書を草書へと落としこむのはいつだって遣い手だ。術が備われば、動きはすべて技になる。覚えとけよ？」

◆◆◆

一刻と少し。二時間くらいの濃密な時間を過ごした。烈斬の基本は『風』。この風を操ることが肝要とのこと。基本はうまくいくようになった。あとは応用、実戦の場だが……。

「あ、信行どの」

「義宗さん」

さて、汗を流そうと向かった先で義宗さんと出会った。銭湯の前だ。

「今日は木札をかけ忘れたりはしませんでしたか？」

「もう、意地が悪いですよ！　……しかし、なにか疲れている様子。体調が優れないのですか？」

「いえ、ちょっと剣の稽古に熱を上げすぎて疲れてしまっただけです。汗でも流してさっぱりしようと思ったのですが――」

そうだ。

「ねえ烈斬」

「もってこいだな」

　僕の提案を烈斬は即座に理解した。

「なあ、貧乏旗本の三男坊さん。今日は時間があるのかい？　外に出てるってことはあの爺やは説得できたのか？」

「ええ、まあ。はい。私の弁舌にかかっては爺の説得なぞ造作もなく」

　目、逸らせてる。また抜け出したのだろう。

「どこかいい稽古場所はあるかい？　汗を流したとこすまないが、ノブユキと稽古をしちゃくれねえか？　剣術ってのは対人稽古なくしてはうまくならねえもんだからよ」

「稽古ですか⁉　なんと！　それはぜひともお願いいたします！　稽古場所なら私が出入りしている道場が近くにありますから、さっそくそこへ行きましょう！」

　目がキラキラしてる。さすがだなあ。

「急に稽古と言われてびっくりしたでしょう」

「いえ、試合形式は望むところです。ぜひに、信行どの」

　腰の烈斬が「ほら、ちょうどいい相手だろう？」とカタカタ揺れ、「対人戦になれるまでヨシムネなら相手してくれる。いい練習相手だぜ？　なノブユキ」と背中を押してくる。

「そういうことなら私の体をどうか好きにお使いください！　どのような要望にもお応えしますよ！」

語弊がッ！　……ともあれ、向こうはすごく乗り気なので胸を借りることにしよう。

「それじゃあよろしくお願いします。さっそくいきましょう」

「やったッ！」

喜ぶ義宗さん。剣の腕は凄いけど、こういう部分はとてもいい。

「子犬みたいで可愛いですね」

「かわっ⁉」

「子犬呼びはないか、ごめんなさい――」

「い、いえいえ。そ、そっちに反応したのでは……その、はい。こほん。な、なんでもありません。では道場に案内しますね。この時間なら自由に使えますよ」

「少々実践したいことがありまして。お付き合いいただけますか？」

僕の申し出に、果たして義宗さんはしっかりと正対し頷く。

「ご存分に」

武門の顔だ。僕の剣がどこまで通じるか……。試させてもらおう！

◆　◆　◆

熾烈を極めた一本勝負の中で、僕はどうにか勝ちを拾えた。とはいえ、相手の力を引き出すような、本気の打ち合いという特殊な状況にしてくれた義宗さんの底力たるや、恐ろしいものがあった。

「風を纏《まと》う刀刃による、容赦なき打撃。信行どの、お見事です」

「いえ、こちらこそ良質な稽古、ありがとうに存じます」

……いまになって脂汗だ。これが稽古とは言え対人での立ち回りか。恐ろしいものだな。

「まあ意外と負けず嫌いですよね義宗さん」

「うう、申し訳ありません。まだまだ修行が足りません」

いくつか本数をこなしつつ、ようやくひと心地。いい稽古だった。

「次は負けませんから！」

「まあ僕は烈斬、そちらは木剣でしたし……」

「ですよね！」

「あ、はい」

負けず嫌いだ。

「ま、これが『本物』と立ち合ったときの空気だ。よく覚えておけよ？　江戸には強敵がわんさといる。数も一対一とは限らねえ。格上、不利と思ったら逃げることも忘れるな？　まず戦おうとしてしまうことが剣者最大の執着、つまりは心の『居付き』ってやつだからな」

「逃げるなどと！　敵に背を見せるのは武門の名折れ、士道不覚悟です！」

「ノブユキ、ああいうのは古い考えね？　オレらはもっと柔軟で泥臭い考えだから。新影流ってそういうのだから。刀を握れなくなったら護りたい者も護れなくなるからな」

「それは……」

自分がなんのために戦うかか。明確な答えはまだ見えてこない。言葉にすら出せないかもしれない。

「ともあれ、剣を振るうときは迷いなく振れるようにするさ」

「ま、それが正解、真理だな」

カタカタと烈斬が笑う。

「稽古ならぜひこの道場を。師範には私から話を通しておきましょう」

「ありがとうございます。願ったり叶ったりですね」

「いいのかノブユキ、あのじゃじゃ馬の相手をさせられる機会が増えたってことだぞ？　逃げ場もなく」

あ、そういうことか。

「うふふ。信行どのと稽古ッ！　稽古ッ！」

「ほ〜ら嬉しそう。肉食獣のそれだぞあれは」

子犬だと思ったんだけどなあ……。

ともあれ、烈斬のいう術を十全に身につけるのは難しいだろう。一生かかっても無理かもしれない。しかし、ひとつひとつ身につけていこう。僕自身の手で大切なものを護れるように。

◆　◆　◆

「それで義坊は二回も風呂に入ったっていうのか」

そのあと僕らは、め組に顔を出した。

「乙女だねえ。ノブさんに汗臭いところを見せたくなかったたってわけだ」

「そんなことはどうでもいいではないですか」

お辰さんにからかわれながら僕らは湯上がりのお茶を喫しつつ、見廻りの相談に。

お互い額を付き合わせているが、昨日の今日での収穫はなし。手がかりは掴めていないそうだ。

「いちど失敗したから慎重になってるな」と烈斬。

「怪我人がいるならそう簡単に動けないでしょうからね」

「見廻りと聞き込みが功を奏してる証拠かもしれません。このまま続けましょう。急がば回れです」

「あたいはこのあたりから四谷に向かう。ふたりは本処《ほんじょ》と向嶋《むこうじま》を頼む」

「わかりました」

話が決まり、僕らは墨田川《すみだがわ》を渡り向嶋に。このあたりは開発も後手になっており、家賃の安い地域として地方出身者からの人気が高い。身を隠すなら、やはりこういうところに分散してるのだろうか。

「治安もよろしくないので、賊が隠れ住むにはもってこいでしょう」

「町方の目が届きにくいのはわかりますが、だからこそ目を付けられているのでは？」

「そうなのです。が、空振りにしてもなんにしても、町方の聞き込みと私たちの見廻りでは反応も変わりましょう。それに、腕の傷という一点を気にしているのは私たちだけですし」

鶴岡同心は一顧だにしなかったからな。人の多い江都は、やはり人相書きと入れ墨が重要になってくるということなのだろう。

果たして、住民に聞き込みをして回ったが、何の成果も上がらなかった。腕にさらしを巻いてる男性も見かけたが、刀傷ではなく打撲。雰囲気もあの男とは違っていた。

「次に行きましょう」

走査は足でするものとは、刑事ドラマでも言ってる鉄則。それに――。

僕は背後についてくる気配を感じつつ、烈斬の鞘を撫でる。烈斬も少し控えめにカタリと鳴り、僕の考えを首肯している。

尾行者がいる。

義宗さんも気が付いたのか、無言で視線を交わし頷き合うと、この先にある無人の寺へと足を向ける。抑えるならば、そこだ。

これだけ嗅ぎ回って邪魔をすれば、向こうから接触してくるとは思っていた。

彼女に任せて歩くこと十数分、向嶋の古刹へと辿り着く。石畳はかろうじて残り見えているが、落ち葉と雑草が境内を埋めている。誰もいない、無人の寺。迷惑もかからないだろう。

「信行どの」

「ええ。尾行者は門前でこちらを伺ってる様子です。決まりですね。僕の準備はできています」

ひとつ頷き合うと、義宗さんは振り返り、声を張って尾行者に声をかける。

「そこにいるのはわかっています。私たちに用があるのでしょう！」

「大人しく出てきてください。お相手いたします」

「ほほう？」

するると、門前から応えの声が。

「拙者の気配に気が付くとは、なかなかやりますな」

あ、聞き覚えのある声。

「はああああああッ！　筋肉ぅううう！」

「加納さん！」

この人だったか。あ、義宗さん逃げちゃ駄目。話がこじれるから。

「じ、爺、なぜここに」

「いかにも加納格道ここに推参。いやあ、よもや見つけられるとは思いませなんだ」

「じゃあ尾行してたというか探していただけなんですね……」

と気を抜きかけたとき、腰の烈断がピリと震える。警告の気配だ。

「油断するな。まだひとり隠れてやがるぜ」

そっちが当たりか。

「さすが烈断！　よく気が付いたわね！　じゃじゃじゃーん」

「珠樹じゃないか」

気が抜けた。

続いて姿を現したのは珠樹だった。そりゃそうか、不逞の輩が追ってきていたら加納さんほどの武士が放っておくはずもない。

「一緒に尾行してたの？　なんで？　というかいつの間にふたり仲良くなってるの⁉」

よくぞ聞いてくれましたとばかりに珠樹は胸を張る。

「お辰さんに加納さんが筋肉で圧して義宗さんの居場所を吐かせようとしてるところに通りかかってね」

「話を聞き出したところ、向嶋のほうに聞き込みに行ったということがわかり、慌てて追いかけてきたというわけです」

そりゃ大変な現場だっただろう。お辰さんもかわいそうに。

「聞けばお兄ちゃんも一緒だっていうから、頼んで連れてきてもらったの。悪い虫が付かないか心配だったし」

「すげえな、おめえの妹の行動力」と烈斬。

「しかし、連れ戻すだけなら加納さんも姿を隠して尾行はしないでしょう」

「はい、このようなかたちでなければ姿を現そうとは思いませんでした」

「ははーん、さてはノブユキと逢い引きしてるかもしれないから覗き見てたってことか！」

「見守っていたと仰ってくだされ烈斬どの」

「妹として、スキを見て川に落とそうかなって思ってただけ」

「義宗さんを？」

「ううん、お兄ちゃんを」

理不尽すぎる。

「とにもかくにも、爺は嬉しゅうございます。姫さまもようやく身を固められる決心がついたのですね」

「ち、ちがいます！　私たちはそのような関係ではありません。ね？　信行どの」

「ええ、まあ。拐《かどわ》かしの犯人を捜していただけですから」

「見廻りをなさっていたのはまことでしたか。人気のないところに向かうので、拙者てっきり筋肉祭りを催すものとばかり」

筋肉祭りって。文言はともかく、言わんとしてることはわかるけれども。

「不敬ですよ、爺。信行どのに謝りなさい」

たいして気にしていないような加納さんだったが、ひとつ笑うとぺこりと頭を下げる。

「早合点早合点。申し訳ありませんでした信行どの」

「誤解が解けたのならなによりです。……だから珠樹もそんな目で見ないの」

「ほんとに〜？」

「ほんとに」

「でも妹センサーに結構な反応があるんだけどなあ。う〜ん。ふたりからいい匂いするし。湯屋で泡踊りでもしてた？」

なんてことを言うんだわが妹は。

「あわおどり？」

「なんでもないですよ義宗さん」

このままではとりとめもないのでふたりに経緯を説明する。稽古で爽やかな汗をかき、そのあとで銭湯で汗を流し、いっしょにめ組で打ち合わせをして向嶋まで足を伸ばしたんだと訥々と説明する。

しかし早合点だと言っていた加納さんの表情もなにか考えるそぶりになり、一緒に銭湯に行ったくだりになって珠樹が要らぬ解釈を交えてきたりで気もそぞろ。

「なるほど、姫さまと稽古できる腕前と。ふむふむ」

「まさか一緒に入ったんじゃないよね？　ね？　お兄ちゃん」

ノーコメントです。

「やっぱりイチャラブ……」

「珠樹はブレねーなあノブユキよ」

「タフだよねえ」

ともあれ、加納さんはフムと区切りを付けると義宗さんに真面目な表情で向き直る。

「事情はわかりました。逢い引きでないのなら、いますぐ爺とお戻りください。姫さまには姫さまのお役目があります。奉行所に奉行所の役目があるように、皆が自分の役目をおろそかにしては世は成り立ちませぬ。上に立つ者ならなおさらですぞ」

「この一件、奉行所が機能してるとは思えません。なにひとつ手がかりがないままではないですか」

「それは姫さまが見廻りに出たがるきっかけであり、役目をおろそかにしていい正当な理由ではござらぬ」

ピシャリと、さすがに世話係。彼女の事情を考慮した上での説得だ。

「いいえ」

だがしかし義宗さんもきっぱりとして受け入れず、己が刀の柄にそっと触れる。

「私には悪を正す力がある。成すべき使命もある。なにより私がそうしたいのです」

「またワガママを仰って」

「珠樹さんも信行どのも怪我を負った被害者。町の人々も困っています。これ以上の狼藉は許せません」

そして真っ直ぐな瞳を加納さんに向ける。

「私はこの町に暮らす人々の笑顔を護りたいのです」

「姫さま……」

加納さんは武門の倣いと剣者の侠気の狭間で葛藤しているようだった。

「僕からもお願いします」

「神泉どの？」

「義宗さんは江都の人を護るため剣を取りました。僕もその志に感銘を受け、義宗さんのようになりたいと思いました」

正直な気持ちだ。あのときの義宗さんは僕にとっての憧れであり、ヒーローだったんだ。

「信行どの……」

「それこそ僕のワガママですが、義宗さんの活躍をもっと見たいのです。敵が現われたらともに戦います。覚悟は決めてきました。僕に義宗さんの志を護らせてください」

――加納さんからの重圧を目で受け止めながら、腹の底から気持ちを伝えると、瞬間、気配がふんわりと和らいだ。

「ほっほっほっほっほ。失礼、この歳になって若者に心動かされるとは思いませなんだ。お役目だなんだと姫さまを縛り付けすぎていたようです。……ま、じゃじゃ馬であるからこそ姫さまは姫さまなのでしょうなぁ」

「ここぞとばかりに言いたいこと言ってるのではないでしょうね爺」

「小言くらいでは止まらないでしょう。――して、神泉どの」

重圧ではない。これは真摯な気配だ。僕は加納さんに向き直るとひとつ頷く。

「ええ、先ほどの言葉、武士に二言はありません」

ともに戦う。彼女を護る。

ひと呼吸ほど見つめ合い、加納さんが深く頷く。

「いい目ですな。しかし……まさかお辰どののほかに姫さまの味方になっていただけるかたがいらっしゃるとは。承知いたしました。奉行所内で不穏な動きがあるのもまた事実。

神泉どのが側にいらっしゃる間だけは、外での自由を許しましょう」

「ありがとうございます！」

よかった。これで義宗さんと事に当たれる。

「やりましたね、義宗さん！ ……と言っておいてなんですが、加納さん、『お兄ちゃんと一緒のときだけ自由を許す』って、他意はないですよね？ ……ないですよね？」

「はて、言葉以上の意味はなきにしもあらざりしかな……」

ふたりがなにか言っているが、僕は義宗さんと喜びを分かち合っていた。

「そのかわり爺もご一緒いたしますぞ。日が暮れたら屋敷へ戻っていただきます。よろしいですかな？」

ここが譲歩だろう。義宗さんもひとつ頷いている。

「しかしこの頑固爺が折れることもあるとは」

しみじみと呟く義宗さんだが、加納さんは不敵な笑みを浮かべている。……いまの譲歩を見てもわかるとおり、ただでは折れない歴戦の強さを感じる。ううん、あとが怖いな。

3

四人連れ立って本処までの道中を手分けして聞き込みをしたのだが、相も変わらず目立った情報はないときた。

「これだけ探しても手がかりが得られないとは。あの噂は本当かもしれませぬな」

ふと、ひと息ついた時分に加納さんがそう漏らす。奉行所の不穏不審な動きのことだろう。

「事件の証言など、証拠の類いとなるものが紛失しているそうなのです。拐かしだけではなく、ここしばらくの事件について――」

拐かしだけではなく？

「『かみかくし』に関するものだけではなく、ほかの事件についてもですか」

「左様。証拠はすべて奉行所の管理下に置かれます。それが紛失するということは……」

内部の犯行。なるほど。

「町方が悪さしてる可能性が高いわけか」と烈斬。

あくまでも噂。他言無用の類いだろう。奉行所に疑いの目を向けるだけでも騒ぎになるからな。

「治安の要に疑惑なんて、幕府の威信も揺らぎかねないからな。ノブユキ、だからこそ……」

「ああ、わかってる」

僕は烈斬だけに頷く。

ともあれ、もうお昼か。早いもんだ。

茶屋で一服し、その後も見廻りを続けたが成果は上がらなかった。そうこうしているうちに、申の刻。宗春さんとの約束の時間に近づいてきたので、陽も落ち始めたこともあり、僕らはその日の見廻りを終えることにした。

珠樹を送ったあと、加納さんと義宗さんと分かれ、僕は聞いていた宗春さんの屋敷へ。

そこは丑込《うしごめ》、終張《おわり》藩邸――。よもや、御三家のお姫さまだったとは。

通用門に立つ番兵さんに話をすると、すぐに離れの客間に通される。屋敷本邸ではないのは、藩士に内通者がいる恐れを表してるのか、はたまた。考えても仕方がないので、連れられるままに通される。

「お邪魔します」

ひと声かけて襖を開けると宗春さんが待っていた。待たせた様子はなかったが、どうやら準備で忙しそうにしている。

「時間どおりね」

「筋を通していただいたからには、筋は通したいと思いまして」

「いい心がけね。――そういう殿方は好きよ」

「ありがとうございます」

この距離感にも慣れたものだ。初めこそドキドキしたけど、これは宗春さんなりの間合いの計り方なんだと気が付いたら、気持ちも落ち着く。

「あら、前はこのくらいの言葉でも頬を染めてたのに。つまらないわねえ」

「粉かけすぎなんだよ。舌も慣れるってもんだ」と烈斬。

こんな遣り取りも本邸ではできないのだろう。友人同士の話となると、やはりここ、離れが適当なんだろう。

「さっそくだけど、用意した着物に着替えてちょうだい。髪も結い直します」

なるほど、髪も結い直すとなれば時間はかかるものな。月代は剃るのかな。蓬髪のままでいいなら楽なんだけど……。

「わざわざ着替えさせて、ノブユキをどこに連れて行く気なんだ？」

「い・い・と・こ・ろ、よ。ふふ」

……気を引き締めていこう。いろんな意味で。

◆◆◆

宗春さんの用意してくれた小袖と袴に着替え、蓬髪を茶筅気味に結い直したあと、僕らは籠に乗ることに。さてどこに行くのかと揺られること小一時間、そこから猪牙舟《ちょきぶね》という小さな舟に乗り換えて揺られることさらに暫し。行き着いた先は雅な装飾と提灯と行灯の明かり華やかな歓楽街だった。

歓楽街というより、この旅籠だけが建ち並ぶさまは……記憶にある花街、つまりは――。

「葦原《よしわら》――」

格子状の見せ窓の中から白粉の艶やかな視線が投げかけられてくる。葦原遊郭、入ってからそうだと気が付いた。ここがそうなのか。

「いいところって、まさかここだとは」

「刺激が強いか？　ノブユキ」

ないしょだ。

そのまま横手に回ってぐるりと。排水路まで行く途中でさらに曲がり、いくつかの人目を気にせず通れるよう作ったと覚しき一画を抜け、旅籠のひとつ、その二階まで通される。

「上手く潜りこめたわね」

そこでようやく宗春さんもひと息ついて頭巾と男物の羽織を脱ぐ。関所が目を光らせるのは『入鉄砲と出女』とはよく言われるが、ここ葦原への女性の出入りは特に厳しい。公儀の目付ではなく、この葦原の自治体である若い衆による監視にほかならない。つまり、女性である宗春さんが入るのも難しいことなのだ。

だが入ってしまえば、監視も緩い。ここはそういう場所だ。

「ね、殿方にとってはいいところでしょう？……顔も身分も隠してくる人も多いし、入ってしまえば誰も気にしないもの」

密談にはうってつけというわけか。

「あと、それだけに気分の悪い話をすることも多いの。だからね――」

ひとつ眉をしかめて彼女は呟く。

「手が出そうになったら必ず私を止めてね。なにをしてでも。それができると信頼してあなたに頼んだの」

「護衛も大事だけど、宗春さんが手を出そうとするのを取り押さえる仕事もありましたか。確かに主君がする無礼打ちを止める藩士はいないですものね」

「殿中でもなければね。……はあ、気が重いわ」

準備をしてしばらく、約束の時刻となった。陽はすでに落ちきり、夜の葦原は艶やかさを増して煌々と仄赤く輝いている。

座敷に姿を現したのは恰幅のいい武家。歳は若くはないが、老境という雰囲気でもない。野心が若さを保っているかのような風体は、たしかに面白い話を持ってくるようには窺えなかった。

あちらは当然宗春さんの身分を承知しているので、上座の彼女に平服一礼し、畏まる。

「お初にお目にかかります。小普請役の黒原と申します――」

「話は聞いているわ」

自己紹介という手順を飛ばし、さっそくの話を促す。このあたりの呼吸はこの葦原の地でも『壁に耳あり』を念頭に置いているのだろう。

「かしこまりました」

小普請役の黒原――。彼は察したように奥に合図をすると、すぐに袱紗の包みを持った小者が現われる。

瞬間、僕の心拍を代弁するかのように烈斬が静かにコトリと鳴る。

現われた小者の右腕には、あの晒巻《さらしまき》。人相を見て声を上げなかったのは我ながら上出来だった。しかし、着物と髪型を変えてなお、向こうはこちらに気が付いたようだ。

「お前は！　なんでここにいる……！」

語るに落ちたとはこのことだろう。僕は小首を傾げつつ宗春さんに目を向ける。

「お知り合いですか？」

短い問いかけだが、その意味するところは小者にとっては大きい。ひとつ息を呑み、ゆっくりと首を振り否定する。

「い、いえ。――失礼致します」

袱紗を置き、退出する。繋がらなかったものが繋がり始めた。黒原の従者が、りんちゃんといたあの男。しかも、その腕には傷。りんちゃんとの話に割りこんだだけの男に見せる反応ではない、あの恨み辛みが見え隠れする殺気じみた動揺。

「さて」

そんなことを悟らせぬよう、宗春さんが袱紗の包みを見て問う。

「こちらは？」

「ほんのお気持ちでございます」

あからさまな遣り取り。何気なく彼女が包みを開けると、中からは予想どおりの切り餅。紙で閉じられた小判の束だ。紛うことなき賄賂だ。

「この黒原、いまは小普請役に身をやつしましたが、御方のお口添えが頂ければ勘定奉行に返り咲く夢が叶うものと信じておりますれば……何卒」

「挨拶代わり？」

「願い叶うのなら何度でもご挨拶を……」

いくらでも包むという暗喩だろう。このあからさまな場で暗喩もないだろうが……。

「随分と羽振りがいいこと。花咲かじいさんでも雇ってらっしゃるのかしら？」

「はてなんのことやら。わたくしはお堀を任された、ただの穴掘り役人でございますよ」

この羽振りは。……ああ。この羽振りは。

思い至ってはいけない事実に腹の底が熱くなってくる。繋がってきた事実に眉間が火花を散らしそうになる。

カタリ。

烈斬が静かに諫めてくれなければ、証拠もないまま手を出していたかもしれない。いまの僕は彼女の護衛だ。役目を役目として果たすときだ。

追加の包みを懐から出す黒原。詳しい事情は聞くな、ということだろう。額が懐に隠せるほどのものであることから、同席している僕への心付けとして出しているのかもしれない。卒がない。確かにこういう手合いが相手では倹約令が敷かれたこの時期の藩士には効きすぎる鼻薬になるだろう。

「こちらはお返しします」

しかしあっさりと、予想どおり彼女は袱紗ごと金員をすべて差し返す。絶句する黒原だが、すぐに控え直し、それでも言葉を続ける。

「受け取っていただかねば困りまする」

「早合点しないでいただきたい。居留守役は居留守役、この私の一存で決めることはできかねます。黒原さんのお気持ちはわかりました。兄上と相談の上、後日お返事いたします」

きっぱりと、彼女はそう言って微笑む。その裏に隠しきれない怒気が含まれているのを、はたして黒原は感じているだろうか。それ以上に動揺している彼には無理からぬことだろうか。

「お土産はそのときにでも受け取りましょう」

そう前置き譲歩し、彼女は僕にしなだれかかってきた。——聞いてないぞ？

「それに、せっかく表に出てきたし、これからこの人とお楽しみなの。目の前にお菓子があったら目移りしちゃうわ」

その意図に、さすがに僕も黒原も気が付く。

お姫さまの不貞じみたものを見せられては、黒原も彼女が自分から弱味の一端を見せたと思うだろう。受け取らなかったとはいえ賄賂の事実と天秤にかけても、釣り合うだけの秘密であることは想像できる。

「おやおや」

黒原がそういって相好を崩したのがその証拠。

「これは気が付きませんで。まったく、隅に置けませんな。——ともあれ、『場』が必要なればいつでもここをお使いください」

「芸者遊びが達者なだけはあるわね」

「恐れ入ります」

僕との関係を勘違いさせられた黒原は、酒宴を開かずに旅籠から去って行った。速やかなものだ、あの小者も連れて気配もない。

お忍びなのでこちらも長居はできない。頃合いを見計らって僕らも帰途に就く。

「あ〜もう腹の立つ！」

夜半の川辺を歩きながら宗春さんがさすがに我慢の限界なのか、憤懣《ふんまん》をぶちまけ始めた。

「なんでもかんでも金で解決しようって魂胆が気に食わない！　も〜腹が立つったらないわ！」

「——出所を訊ねられて金を積んだのはマズかったよな。あの黒原、てめえの立場をとんとわかってねえ」

「ああ、そのとおりだ」

僕の声色に驚いたのか、宗春さんが少し目を見開いている。

「ああ、いや。——その、やっぱり相談した上で返事をするんですか？」

「え、ええ。それは本当よ。お互いの立場もあるから、密会とはいえ会合を開いた以上は気分でご破算というわけにはいかないものでね」

　だから余計に腹が立つんだろうな。己の立場が本音を抑えてしまうんだろう。

「愚痴なら聞きますすよ」

「あらほんと？　……お役目だから？」

「友達だから」

「も、もう、まったく物好きなんだから――」

　宗春さんはくすぐったそうにそう言うと、道中遠慮なく愚痴をぶちまけてきた。屋敷が見えてくるまでずっと。

　たまってたんだなあ……。

　そんなこんなで呉服長屋へ向かいつつ。

　宗春さんと別れ長屋に戻るころには、すっかり夜も更けていた。さすがに夕飯も残ってはいないだろう。

「なあノブユキ、宗春に傷の男のことを話さなかったな。どうしてだ？」

「まずはりんちゃんに話をしようと思って。彼女から話すのを待とうと思ったけど、事情が事情だからね。ありのまま話して、彼女の出方を待つよ」

　戸口を開けるとひんやりとした空寒い空気。人の気配がなかった淋しい気配だ。炊事のあともなければ、煮炊きの残り香もない。

　部屋に上がったところで、ちゃぶ台に手紙が置いてあるのに気が付いた。手紙――書き置きを見ると『首尾の松』『夜四ツ』『大口屋』とだけ書かれていた。

「――かみかくし」

これが答えか。

繋がった線がひとつの答えに導かれる。

彼女からのメッセージは受け取った。僕は彼女を信じる。あとはこちらが返事をする番だ。

「烈斬」

「応よ」

首尾の松、これは倉前《くらまえ》の船着き場、大口屋近くの逃走経路。時刻は夜四ツ。急がねばならない。こんどこそ、尻尾をつかむんだ。

◆　◆　◆

夜四ツ。籠から降りた札差は大口屋の若旦那をワタシたちは襲った。音もない襲撃は手はずどおり速やかに遂行されるはずだった。

「大口屋だな？　悪いが黙って付いてきてもらおう。騒ぐとためにならんぞ」

「か、かみかくしか！」

「答える義理はねえ。大人しくすれば痛い目は見ないで済む」

これで済むのなら手はずも手勢も必要ない。情報どおりふたりの用心棒が立ちはだかる。ともに遣い手、金で集めたかなりの者たちだった。

ワタシはその瞬間を狙い、吹き矢で用心棒たちの首筋を狙う。即効性の麻痺毒を含ませた針を仕込んだ逸品。

「⁉」

チクリとした痛みを感じた瞬間には、もう手遅れ。体の自由を失い大の字に倒れ伏す。意識もそろそろ途切れるだろう。

「ど、どうした！　高い金を払ってるんだ！　起きて私を護れ！」

蹴りを入れて起こそうとしても無駄です。

「熊も一撃で眠らせる麻酔針。彼らはもう動けません」

ワタシは控える男にそう告げると、吹き矢筒をふところに。

「さすがは嬢ちゃんだ。俺たちだけじゃこうはいかねぇ」

契約ですからね。

もうすでに大口屋は腰を抜かせて命乞い。ああなればもう無駄な抵抗はしないでしょう。札差で高利貸し、身代金さえ払えば無事に帰ることができる『かみかくし』、荒事もなく終わるでしょう。

あとは舟に乗せて、この場から立ち去ればお役御免です。

「こいつは積年の恨みだ、受け取りな！」

「うぐッ！」

そう思った矢先、男たちのひとりが大口屋の頬桁を思い切り殴り飛ばしました。

「なにをしてるんです！　どうして無抵抗の人質に手を上げるんですか！」

大口屋を庇うと、殴った男はあの刀傷を負った右手を掲げて吠える。

「俺はこいつのせいで家を追い出されたんだ。口車に乗せられて金を借りたばっかりにな！」

「はッ……おおかた博打で擦ったんだろうよ。何人もいるぞそんなやつは」

殴られた大口屋が嘲笑気味にいう。身の持ち崩しかたはどこも似たようなものですか。

白業自得とはいえ、そこに誘うように金を貸す手口も酷い。

「そこをどけ、半殺しにしねえと気が済まねえ」

「退きません。荒事はなしとの契約だったはず。反故にするなら、アナタたちを敵とみなします」

半身に構えるや、呆けた男の顔が一気に朱に染まる。

「上等だ！　前から契約契約だと、いけ好かねえと思ってたんだ！　てめえもここでくたばりな！」

匕首《あいくち》が抜かれるや、ワタシは腰を低く落とします。腰を抜かして動けない大口屋の身を守らねば、あの人との約束が守れない……！

「やめろ、面倒を起こしてまた旦那を怒らせるつもりか⁉」

「うるせえ、ここでやらなきゃ俺の気が収まらねえんだよ！」

「おい騒ぐな！　そんなに大声を上げると！」

……遠くに呼子の笛が聞こえてきます。たくさんの足音と、夜闇を照らす提灯のゆらぎ。

これが答えなんですね。

「いたぜノブさん、情報どおりだ！」

　威勢のいい声、め組のお辰さんが手勢を連れて周囲をしっかり囲んだようです。さすがですね。

「め組だ！　見つかっちまった！」

「——これまでですね」

　ワタシは構えを解き一気に白壁を蹴り上がって屋根の上に。

「お、俺たちを見捨てるのか⁉」

　眼下からの悲鳴。腕の傷の男です。

「契約は大口屋の用心棒をなんとかするまで。運がよければ逃げおおせるでしょう。もっとも、あの人たちが二度も取り逃がすとは思えませんが」

　棟伝いに渡り颯爽《さっそう》と身を翻《ひるがえ》す。——このまま江都を去ろう。あとは旦那たちが解決してくれるはず。

身は軽いが、心は重い。いまも思い出すあの長屋での思い出に縛られそうになる。
「⁉」
ふとそんなことに気を取られた瞬間、ワタシは足を滑らせて背から落下してしまい
…………――――。

◆　◆　◆

「いたぜ、ノブさん！　情報どおりだ！」

提灯片手に先頭を突っ走るお辰さんが声を張り上げる。夜四ツ、船着き場から大口屋へ続く暗がりの倉庫街で見たものは、腰を抜かした札差の男と、護衛らしき倒れてる大男ふたり。そして覆面姿の男たち。

――見紛うはずもない、あのときのヤツらだ。

なにか言い争う声に上を見上げると……。

屋根に上った人影が素早く立ち去っていくのが見えた。一瞬だったが、見覚えのある後ろ姿だった。僕が傷を負ったあの日、ほかの男たちを制してくれた女の子だ。

「ようやく見つけました。今度こそ逃がしません」

意気軒昂、ついぞ尻尾を掴めなかった凶賊を前に義宗さんが迸《ほとばし》る怒気を抑えつつにじり寄る。

「いつぞやの女侍！」

男たちも気が付いた様子。だが逃げようにも周囲からは呼子笛、集まりつつある提灯の

気配。焦りに身を寄せ合うよう固まり、ついに全員が匕首を抜き放った。

「こうなったら全員血祭りだ！」

敵の数は五人。伏兵はいなさそうだ。上手く逃げたのはあの女の子だけのようだ。

「──信行どのは逃げた人影を追ってください」

「逃げた女盗賊に話があるんだろう？　顔に書いてあるぜ」

──。義宗さんとお辰さんに背中を押され、僕はひとつ頷いて踵《きびす》を返した。

「ここは私たちだけで充分です」

頼もしい言葉を背中に、僕は屋根上の影を追う。烈斬の力も借り、見失うことはないが──いかんせん早い！　倉庫と倉庫の間を軽やかに飛んでいく。

「すばしっこいな、さしずめ猫だなありゃあ」

「最初っから猫っぽかったしね。っと──だめだ、このままじゃ逃げられる！」

絶対に逃がすものか。僕は歯を食いしばって人影を追い続ける。ここで逃がしたら、二度とあの子と会えなくなる。美味しいご飯も食べられなくなる。

追いかける理由なんて、単純な、簡単な理由。

「僕はもっと君と話がしたいんだ！」

呼吸がキツいからって足を止める理由にはならない。──が……。

「ノブユキ、右だ。そこを右に入って小川との合流点に回りこめ。逃げるにしろ川を越えるにしろ、いったん必ず速度を落とす。そこを狙うんだ」

――狙う？

「『風』の応用――」

「ご明察。剣に纏わせるだけが技じゃない。鞘に刀身を納め、抜き放つように抜刀しろ。それで風が飛ばせる。さしずめカマイタチってやつだが、いまのお前じゃ大した威力は出ないだろう。が、体を崩すには申し分ない。いけるか？」

「大丈夫。相棒を信じてるからね」

「いうじゃねえか。――構えな」

駆け抜けたあと、僕は納刀し、息を吐ききって腰を落とす。柄に手をかけた瞬間、烈斬からイメージが伝わってきた。集中。――脱力。緩急が威力を練り上げる。

人影が最後の屋根に到達、降り立つために一瞬立ち止まる気配を見せる。

――ここ。

意識すらしない自然の抜き撃ちが虚空を薙ぐ。

不可視の刃が放たれ、彼女の軸足を払うように吹き抜けた。

彼女は川を越えられなかった。そのまま体勢を崩して背中から落下する。

そして真下を流れる小川に落下する。大きな水しぶきを立て、川底へと沈んでいく。

僕は即座に納刀し、急いで駆け出す。

「わぷっ！　た、助けてください！」

聞き覚えのある声が聞こえてくる。波紋激しい水面から溺れかけた少女が必死に泳ごうともがいているのが見える。

「大丈夫！　いま助ける！」

僕はそのまま駆け寄ると、川の中を彼女の元に駆け寄った。黒装束の少女はばたばたともがいているが、僕の顔をみるや「こ、こっちに来ないでください！」ともっと暴れ始める。

僕はそこで手を差し出し、優しく声をかける。

「暴れないで落ち着いて」

「ワタシはこのまま遠くに行くんです！　放っておいてください！」

「僕はもっと君と話がしたいんだよ、りんちゃん」

いつになったら足が付く深さだと気が付くかなと思っていたが、かわいそうなので抱え上げて助けてあげた。ついでに逃がさないように手も握る。

「あ……っ」

ほらやっぱり、よく知ってる女の子だ。

「人違いです。他人のそら似です。よくある顔なんです、は、離してください！」

「離れないで。ホントに溺れちゃうよ？」

「あ、あぅ！　ワタシ泳げないんです！　助けてください！」

足が付くのは内緒にしとこう。

そのままぎゅっとしがみついてくるりんちゃんを抱えたまま、僕は小川から上がってひと息つく。春とはいえ川の水はまだまだ冷たいな。

「ううう、助けてくださいぃぃぃい……」

「もう大丈夫だよりんちゃん」

まだしばらくしがみついたままだろうか。

「な、なななな！　なにを！　信行どのいったいなにを⁉」

おっと！　僕らを追いかけてきたのか、義宗さんとお辰さんが。必死に僕にしがみつくりんちゃんを見て、義宗さんは目を丸くしてぷるぷるふるえ、お辰さんはニヤニヤしてる。

いや、違うんです。

「川遊びとは粋だねえ、ご両人」

「笑ってる暇があったら早いとこ休ませてくれねえかな、め組の頭。このふたりが風邪引いちまう」

「烈斬、あんたは濡れなかったのかい？」

「底までは深くなかったからな。ただの水路がわりの浅い川だよ」

「怪我がなくてなによりです」

義宗さんもことの状況を飲みこんだのか手を貸してくれる。

「そうだ、そちらはどうでした？　……って、聞くまでもなかったですね」

「ええ、信行どのが出るまでもなく」

そうか、全員お縄か。

これで『かみかくし』の捜査も一気に進むだろう。

僕はひと息つくと、まだしがみついて震えるりんちゃんの頭を撫でる。

まずは体を温めなきゃね……。

4

あのあと、拐かしの連中は義宗さんやめ組といった自警組織から、奉行所へと引き渡されることになった。その場で見ていた自分だが、賊の身柄を引っ立てていったのは、あの鶴岡という同心だったことが気にかかる。

ついぞ掴めなかった足取り。

消える証拠品。

そんな話が頭の隅に引っかかり、次いで長屋での遣り取りを思い出す。賊の顔を知らぬとみて安堵する彼、そしてあの夜賊のひとりにつけた腕の傷を取るに足らぬものと決めてかかった流れ。

思うところはあったが、とりあえずその夜はりんちゃんたちを湯屋に連れていき、ことの顛末をめ組で相談しあうことに。

そこで合流したのはなんと、宗春さんだった。

「同心の鶴岡が奉行所にも行かず、拐かしの賊と黒原の屋敷に入っていった……ですって？」

「そうなのよね。尻尾を出すと思ったら、あっさり掴めちゃったわけ」

その話の流れに、りんちゃん含め義宗さんらは小首を傾げる。僕はついに繋がった流れに「そうか」とひとつ頷くと、宗春さんに目で問うたあとにことの一件をみんなへと伝える。

「じゃあ金ほしさにこんなことを？」

「奉行所に向かう手前で方向転換。そのまま黒原の屋敷へ。まったく、見られているのにも気が付かないなんてよっぽど慌てていたんでしょうね。ともあれ、鶴岡ひとりではなく配下はみなグルなのは決まりね」

「根は深かったってことだな」と烈斬。

なるほど、そこまで食いこんでいたら増長くらいはするか。

「身代金を資金源に賄賂工作。……しかし額を窺うと、表に出ていない拐かしは想像しているより多いのかもしれませんね」

「黒い黒いと思ってたらドス黒だったわね」

さてどうする？

「奉行所に知らせたとしても一手遅れます」

義宗さんが静かにいう。

「いかに奉行所といえども、証拠もなしに踏みこめない、ましてや小普請小役とはいえ武家は武家。下手を打てばお奉行が責任をとらされちまうわなァ――」

わかっている。だからこそ、宗春さんはここに籠を飛ばして合流してきたんだ。僕が彼女を窺うと、まるでわかっていますといった顔で微笑んでいる。

「僕らだけで抑えましょう」

「言うと思った。ノブユキじゃなくどこぞの貧乏旗本の末娘あたりの台詞だと思ってたけどな」

「うちらだけだって？」

お辰さんが面白そうに肩をふるわせている。

「め組のみんなと、腕利きの万屋がいるから、まあ大丈夫かと」

「いってくれるねえ。そこまで買われて腰を上げないのは江都っ子の名折れだわな」

「旦那――」

りんちゃんだって、このままなにもせずに無罪放免となるわけにはいかないだろう。彼女の沙汰はあとにするにしても、手を貸してもらえたら話も変わるはずだ。それに彼女自身、こうなったからには区切りを付けたいと感じるはず。

「手を貸してくれる？」

彼女はひとつ頷いた。お代については、貸し借りの葛藤の中でひとまずは飲みこんでもらう。

さて、話は決まった。

「証拠隠滅の前に乗りこみましょう。烈斬、いけるかい？」

「こっちの台詞だぜ」

僕は相棒を腰に立ち上がる。勇気が腹の底から沸いてくる。いまは剣でのみ解決できることに集中すべきと腹が決まる。

「信行どの」

義宗さんも迷いのない表情で立ち上がる。

りんちゃんも僕の側で控えている。

お辰さんはすでに配下に檄を飛ばしに部屋を出ている。

「作戦は道すがら。まずは黒原の屋敷へ向かいましょう」

◆　◆　◆

「またしくじりおって！　しかも今回はさすがにもみ消すのは骨だぞ馬鹿者どもが！」

「申し訳ねえ」

賊の頭領が項垂れる。

「黒原さま、落ち着いてくだされ」

「これが落ち着いていられるか！　鶴岡、お前もお前だぞ、め組らもいたのであろう、こやつらをこれから奉行所へ引っ立てんと怪しまれるではないか」

「故に急ぎ匿い報告に上がったまでで」

鶴岡は努めて冷静だった。処分も含めて任されたこの同心が、途中で賊の首でも刎ねていればと黒原は唸ったが、それはそれで大事となる。大事となったあとで鶴岡の不始末から自分へと悪い流れで捕縛が及ぶのも容易に想像が付く。

「わかったわかった。ワシの伝手で上方まで逃してやる」

下手に斬り捨てようとすればあっさり裏切るであろうことは想像が付く。そうなるのを考えれば、多少無理にでも賊の身柄を消すしかない。『かみかくし』が『かみかくし』に遭うのだ。

消すのはそのあとでもいい。

「急ぎ支度を調えろ、すぐ手配する」

「へへ、恩に着ます」

「鶴岡、お前もほとぼりが冷めるまで戻るなよ」

「御意」

黒原は急ぎ支度を調えに下がった賊どもを尻目に大きくため息をつく。鶴岡も黒原のそんな横顔にため息を隠しつつ下がる。

どうも上手くいかぬなと、黒原が今後のことを考えつつ籠と舟を用立てようと書院へと向かったときだった。

渡り廊下を歩くとき、妙に邸内が静かであることに気が付く。無論、この時分はどこもかしこも静かなものだが、人の気配がしないのだ。そこの離れには慌ただしく準備を進める賊どもがいるはずであるにも拘わらず——。

「ひとつ、人の世生き血をすすり……」

どこからともなく、邸内の中庭にその声が響く。

「ふたつ、不埒な悪行三昧……」

女の声だ。月夜に響き渡る刃のような声だ。

「みっつ、醜き江都の鬼を……」

じゃり、と――中庭に姿を現したのは、桃色の剣士だ。たすき掛けに一刀を携え、凛とした視線を黒原に向けている。

「退治てくれよう、桃太郎ッ！」

「な、何者！」

黒原が誰何《すいか》するや、離れのほうから数人の賊が慌ただしく駆け出てくる。道中差しこそ手にしているが、その顔は驚愕に満ちていた。

「く、黒原の旦那！ 仲間が！ 仲間が！」

賊が叫ぶのを黒原は聞いていたが、にじり寄ってくる女剣士の気迫で動くことができなかった。

「貴様、どこぞの飼い犬か！ 武士のまねごととは笑わせてくれる！」

かろうじて悪態を絞り出し駆け寄る賊に目配せをするが、賊は賊で彼女の姿を見るや「げえ！ さっきの女剣士！」と恐怖に悲鳴を上げる始末。

「馬鹿どもが、つけられてたのか！」

怒りがついに黒原に活力を与えるに至った。

「淀みきったその目、残念です」

義宗さんがそう言うと、離れから残りの部下が簀巻きにされた状態で放り出されてくる。

「なんだと」

簀巻きにされた誰しもが、まるでしびれ薬でも打たれたかのようにぐったりとしているではないか。離れで不敵に笑う法被姿の男たち——賊の実行部隊と手配組をまとめてふん縛った、め組の郎党だ。その奥に見え隠れした小柄な人影はしかし表には出ず……。

「き、貴様らいったい何者だ！　ここを、わしを、黒原と知っての狼藉か！」

「控えよ黒原！」

凛とした声で義宗は彼をぴしゃりと。次いで一歩二歩と寄ると、月下にその相貌を露わにする。

「よく見よ黒原、余の顔を見忘れたか」

「なにを…………はっ！」

問われて訝しむ黒原の目が、数呼吸のちに驚愕に見開かれる。光のように去来するその記憶に一歩二歩とたじろぐ。

「う……上さま……!!」

◆

◆

◆

「上さま？」

僕はめ組の男たちと縛り上げた賊を転がしたあと、口上のあと黒原が呻いたその声を聞き、小首を傾げる。

「『上さま』は将軍の尊称だな」と烈斬。

「どういうこと？　なら義宗さんは――」

僕の戸惑いにめ組の男たちは苦笑して肩をすくめている。多くは語らない彼らだが、今回ばかりはあごをしゃくって中庭の遣り取りを促している。

「控えなさい！　……こちらに御座すお方をどなたと心得る！　恐れ多くも江都幕府八代将軍、徳河吉宗公にあらせられるぞ！」

え、りんちゃんいつのまに⁉

義宗さんの……いや、吉宗公の側で賊含む黒原を制するようにりんちゃんがそう口上をのたまうと彼らに動揺が走る。

「小娘きさま！　裏切ったのか！」

「まさか、てめえ初めから⁉」

「一同頭が高い！　控えおろう！」

それには応えず、りんちゃんはそう一喝すると片膝に畏まる。

「は、ははーッ！」

悪党とはいえ、黒原は幕閣の一翼。返り咲こうとする組織の最高権力者が現われてはそうするほかはなかった。見れば、め組の男たちも片膝付いて控えている。

「ノブユキ」

烈斬の声にはっとして、僕も遅れ膝をついてことの成り行きを見守る。偉い身分の人とは思ってたけど、まさか将軍さま本人だったなんて。

しかしりんちゃん、吉宗公――いや、義宗さんと道すがら話していたのはこのことだったのか。黒原も、賊たちも、りんちゃんがはじめから『かみかくし』を探るために潜入していた公儀の配下だと思いこんでいる。

なるほど、そういうかたちでことを収めようとしてるのか。ならばこの一件、しっかり決着をつけなきゃね。

「悪行はすべて白日の下にさらされた。もはや言い逃れはできぬと知れ。あなたも武士の端くれなら、潔くこの場ではらを切りなさい」

……切腹の申し渡しは、武士として、あくまで武門の者としての最後を与えてやるという慈悲なのだろう。その温情は、しかし個人にとっては、特に野望抱く小者の黒原にとっては我慢ならぬことだろう。

「も、もはやこれまで！」

真っ青な顔から憤怒の表情に打って変わった黒原は、やおら立ち上がると屋敷響く大音声で部下を呼ばわる。

「出合え、出合えぇい！」

黒原も覚悟を決めたのだろう。

「お、やり合う気だなあのおっさん。行くぞノブユキ、奥からかなりの人数が駆けつけてきてる」

「応ッ！」

僕は烈斬を片手に中庭へと躍り出る。

「こやつらは上さまの名を騙る不届き者、尽く斬り捨てぃ！」

黒原の周囲に集まった並々ならぬ気迫の男たちは、それでも主家筋の黒原の指示に敢然と応えると、腰間から白刃を引き抜いて義宗さんやりんちゃん、駆けつけた僕らを取り囲み始める。

その殺気に、ぶわりと肌が粟立つ。うなじの毛が逆立つ感触を、しかし僕は腹の底から息を吐き抜くことで制する。

「いいでしょう」

義宗さんは視線で侍たちを居着かせながら、八双に構えた剣をス――と返す。はばきに刻まれた徳河四ツ葉葵の御紋が月光にキラリと光る。

「徳河の名の下に成敗します。かかってきなさい！」

背中は任せました――と彼女は僕に静かに言うと、誘いの気配を出しつつ黒原へと間合いを詰め始める。

「いくよ烈斬」

僕は刀身に風を纏わせる。烈斬は僕の技に黙って従う。言葉はなくとも、心が繋がっている。なにをどうすればいいかは、そこから体へと反映される。

義宗さんへは黒原の家臣が殺到する。主家を狙われるからには、当然阻止するために斬りかからねばならない。誘蛾灯のように彼女はそのすべてを切り伏せ打ち倒し、黒原を仕留めればいいだけの話だった。その腕前を彼女は充分に携えている。りんちゃんもいるものね。

僕は、用心棒として雇われたとみるべき浪人風の男たちと、賊の頭領へ切っ先を向けて脱力する。剣士にとって脱力は、これから込めるすべての力で打ち倒すという闘志の表れだ。

「いつかの借りを返そうか」

僕の誘いに、賊の頭目が右腕を押さえて歯噛みする。

「ぶっ殺してやる」

殺意を露わにする盗賊は頭目含め三人。浪人は四人。どう考えても押さえこまれなます斬りにされる布陣。しかし古今、間合いを取った状態で備えた相手へ同時に攻撃を仕掛けることは不可能に近い。

僕は頭目に向けた視線をツイと外すと、背後の浪人に向けて間合いを詰める。切っ先を垂直に構え、左肩を無防備に誘いに出し、相手が斬りかかってきた瞬間、その横面に思い切り烈斬を叩きこんだ。

「――っ！」

鈍い音がしたが、死んではいないだろう。体の乗った一撃で首がねじれるように昏倒し、その倒れかけた体を左から斬りかかってきた浪人に向けて押し倒し盾にするや、右手の浪人へと斬りこんでいく。

相手は僕の喉元に刀を真っ直ぐ突き出した構え。正眼に近い守りの構え。僕はその刀身に交差させるように斜に構えたまま烈斬をぐいと体ごと押しこんでいく。

相手はそこを「なにくそ」とはね除け切り返そうとする、その瞬間、僕は刀を受け流すよう外す。敵の刀刃は押しのけようとしたほうに流れ、僕は体ごと浪人の右首筋に烈斬をたたき落とす。筋を潰し鎖骨から心臓まで存分に衝撃を徹し、さらに一歩踏みこむと倒れかけたその顔面に柄頭を叩きこむ。――昏倒。

足を止めずに浪人たちを打ち据えて昏倒させていく。狙うのは頭蓋。

「剣術ってえげつないよね」

「殺傷術なんて基本はそういうもんさ。斬って殺すのがいかに簡単で難しいかよくわかるだろ」

烈斬に問うも、返ってくる答えは想像どおりだ。

「だが目的自体を忘れたら剣は鈍る。あくまで殺すつもりで振るわなきゃ死ぬ。殺される。その際に相手が死なないようにするための風の剣だ。思い切りやれ。ま、柄頭で顔面砕くのだけは手加減しろや」

僕は最後の浪人の眉間を烈斬で打ち据えながら残心を取りつつ、残った盗賊に向き直る。

相手の武器は道中差しと呼ばれる短めの刀だ。脇差しに近い。武器の長さこそ相手を制するアドバンテージと捉えやすいもので、荒事に慣れているゆえに剣達者の浪人の戦いに入って来れなかった彼らは余計に烈斬を持つ僕に対して仕掛けられずにいる。

「ちくしょう……！」

「借りを返そうか」

賊の頭目は部下の及び腰を前にして、立場からか自暴自棄な突進を仕掛けてくる。真っ直ぐ僕に向けた刀、その柄を腰に当てた体当たり剣法だ。捨て身故に躱しにくく、腰に当てた刀が充分に重さを刀身に乗せるので打ち払うのも困難なヤクザ刀法。

僕は八双に構え直すとその突進に対して左足を大きく引いて半身に躱しながら頭目の頭蓋を存分に打ち据える。いくら重かろうと、鋭かろうと、その刀身から一寸躱せば無力となる。

カウンター気味に叩きこまれた烈斬の前に、頭目は声もなく倒れ伏す。

残心。痙攣《けいれん》こそすれ、動く気配はない。

そのとき、刀を取り落とすふたつの音。

「観念したみてえだな」と烈斬。

ふたりの賊は、頭目の姿を見て完全に抵抗する気迫を失っていた。そうなればあとはめ組の若い衆にふん縛られてしまうのみだ。

そんな若い衆から「ここは任せな」と言われたので、義宗さんの元へと急ぐことに。戦いは中庭から邸内に移りかけていた。背後からの攻撃こそ僕が阻止していたのでなかったが、やはり再び取り囲まれ始めている。しかし、不思議と不安はなかった。

「けっこう倒してるな。七人、いや、いま八人目か」

「烈斬、倒れた侍はなぜ動いていないんだ？」

「ヨシムネの持つ雷刀の力だな。刀身に纏わせた雷の力で打ち据えられると、斬られた相手は気を失うんだ」

すさまじいな。こういう戦いにはうってつけだ。

「さすが鬼州の暴れん坊、この乱戦で人を傷つけずに意識だけ奪ってやがるぜ」

……。省みれば、僕は思いきり打ち据えている。稽古では窺えなかった、本当の強さ……。そのようなものを僕は彼女から感じずにはいられなかった。

「まあこの先のことはともかく、この場じゃヨシムネに打たれたほうが幸せかもしれねぇな。ノブユキ、あれを見てみろ」

烈斬に促されると、戦いの気配を邪魔しないよう周囲を見ていただけと思っていたため組の若い衆だが、真っ先に駆けつけた手強い手勢こそ僕らが相手したものの、遅れてきた侍たちを手拭いを巻いた拳で殴り倒している。

「町火消しやっててよかったよなァあいつら」

烈斬がしみじみ呟く。いやはや、荒くれ者だ。頬桁が粉微塵になってるんじゃないかと思うほど殴られて気を失ってる侍、地面に投げ打たれて息もできずのたうち回ってる侍、その他諸々死屍累々。……たしかに彼女に打たれたほうが幸せかもしれないな。

「だがもう追撃はなさそうだ」

僕は奥からひょいと姿を現したりんちゃんを見て、彼女へと頷く。残りは彼女が無力化してくれたのはその手に持つ吹き矢筒で察することができる。

「ここは通さぬぞ、越後屋の番太《ばんた》」

「鶴岡同心」

同心という立場は無視できない。賊と戦い続けている一線の男なのは間違いない。彼が刀を抜いている以上、手加減はもとより、戦いそのものは避けられない。この男を義宗さんの元には行かせられない。

「江都の治安を護るはずのあなたがなぜ」

「どうでもいい。出世の足がかりで家督を継いだまでよ。上を目指す。それが俺の正義よ」

「鼻薬が効きすぎてるな。ノブユキ、これ以上の問答は不要だ」

仕事熱心だった時代もあったのだろう。遣り手の評判はまやかしじゃなかったはずだ。

そんな彼が上段に剣を構える。呼応するように僕も切っ先を垂直に掲げ、右自然八相で対峙する。お互いが間合いを詰め合い、打てば当たる撃尺の間合いに来た瞬間、鶴岡同心の真っ向斬り下ろしが僕の脳天に落ちてくる。

瞬間。ジンと刀が打ち合わされる音。

僕が踏みこみながら烈斬を被せるように斜に打ち下ろし、鶴岡同心の刀を弾きつつその横面を存分に打ち据えたのだ。

彼の刀身は半ばからへし折れ、その有様を確認する前に鶴岡同心は意識を失っていた。

「見事、合し撃ち」

——という技らしい。烈斬に言われると、なんとなくどういうものなのかがわかるから不思議だ。

「相手の刀を叩き折れる烈斬もすごいね」

「ま、本気を出しゃこんなもんじゃねえけどな」

趨勢は決まったか――。

そう思った瞬間だった。

腹黒の姿を探した僕だが、その姿は見当たらず。逃げられたかと危惧した刹那、それはやってきた。

『はははははは！』

哄笑とともに土倉の壁が砕け散り、ひと抱えはありそうな木杭が尋常ならざる速度で義宗さんへと迫り――……。

◆◆◆

普請用の杭が飛来した。

そう思った瞬間、僕は刀身に纏った風をカマイタチのように振り抜き放った。

乾いた音を立てて杭は空中で半ばから両断され、義宗さんの両脇をきりもみ打ってすり抜ける。背後の壁に音立ててぶち当たったのはそのすぐあとだ。

『ちい、外したか！』

杭を投擲した犯人が土埃の向こうから姿を現す。板金を打ち鳴らしながら姿を現したそれは――。

「鎧武者⁉」

『狼藉はそこまでだ木っ端どもめ！　ワシが相手になってやる！』

「その声は黒原！　そしてその鎧は……！」

義宗さんが唸る。

奥の手、といったところか。あの鎧、よもや。

「烈斬」

「ああ、秘宝だろうな」

やっぱりそうか。噂にあった、盗まれし秘宝『怪力乱魔』か。

「いりゃあ！」

裂帛の気合いとともに義宗さんの刀刃が黒原の兜、そのしころ部分へ叩きつけられるも、容易《たやす》くはじき返されている。しころの部分は鎧甲冑の中でももっとも薄い部分で、刀で斬りこみ首を打てる部位だ。そこに叩きつけられた刀刃、しかも達人の義宗さんの刀が弾かれている。

「旦那！　怪力乱魔は装着した者の力を数十倍高める秘宝と聞きます。気を付けて！」

りんちゃんが叫ぶ。あの鎧には吹き矢も通じないだろう。一見薄く見える部位も、不可思議な力が宿る強靭な装甲と見るべきか。

『ははは、高い金を出しただけはある。ナマクラどもでは相手にならぬわ』

「ナマクラと抜かしやがるか！　ノブユキ、目にもの見せてやれ！」

「応っ」

あの装甲相手に凪の峰打ちは不要か。黒原——怪力乱魔の打ち振るう長尺の鉈のような太刀との間合いを計りながら詰めていく。

剣術もなにもあったものではない力任せの黒原の攻撃だが、その数十倍に跳ね上がった力の前では即死の暴風に近い脅威がある。

ひと薙ぎで屋敷が柱ごと打ち砕かれ、振り下ろされれば砂利ごと土が弾のようにはじけ飛ぶ。近づけない！

『ぐははは！　見たか！　これがワシの力だ！　金さえあればなんでも買える！　金こそが最強なのだ！　たかが小娘が徳河だなんだと粋がりおって！　お前らをここで始末しワシが天下を買い取ってくれるわ！』

逃げ惑う家臣たちに構わず、我を忘れた黒原はあたり構わず破壊し始める。

「りんちゃん！」

僕が叫ぶと、心得たように彼女はめ組の若い衆とともに気を失った者やまだ無事な者たちを担ぎ上げて避難を開始する。次いで屋敷の中の者も助ける手はずだろう。さすがだ。

さて、そうとなればあの怪力乱魔、いかに止める？　殺傷なく止められるのか？　この僕に。

破壊の限りを尽くし始めるあいつを前に、僕は烈斬を構えながら一歩間合いを詰めようとし——……。

「信行どの、ここはお任せください」

「義宗さん」

彼女に制された僕は、雷刀ひっさげた彼女に微塵も悲壮を感じられず、思わず前を譲ってしまっていた。

「黒原は直参。臣下の愚行を見抜けなかった私に責任を取らせていただきたく。ここはお任せください」

「しかし剣はあの鎧には――」

「徳河の秘剣か」と烈斬。

頷き返す義宗さんは一刀掲げて息を吐く。

「鬼州徳河家の秘剣。真の力をお見せしましょう」

彼女はそのままスッと怪力乱魔の前へと進み出でる。間合い、実に銃と数メートルほど。

『将軍自らお出ましとはな！　片付ける手間が省けたわい！　鬼州の田舎に引っこんでおればよいものを、女だてらに出しゃばるから痛い目を見る』

「もう勝った気か、黒原」

呼吸が整う。ゆっくり息をしながら、彼女は黒原を見据える。

「痛い目を見るのはそちらです」

切っ先は高く上段に。

「八代将軍、徳河吉宗の名において命じる。秘剣よ、煌めけ！」

裂帛明朗《れっぱくめいろう》な叫びとともに、雷刀がまさしく雷神の一刀と化すのを見た。目映い閃光、青白き刀身、紫電は空を鳴らして迸る。

「秘剣――タケミカヅチ」

『こざかしい！』

それでも一刀を振り下ろした黒原。僕が見たのは、真っ向正面から怪力乱魔を秘剣で叩き伏せる彼女の姿だった。音が消えたと思った瞬間、劈《つんざ》く轟雷が周囲を震わせる。

「成敗！」

その中でも耳に聞こえる彼女の声。次いで爆音。タケミカヅチなる秘剣の前にあえなく爆振する怪力乱魔と、黒原の断末魔。

まさに電光石火。

轟音が鳴り止んだとき、爆心地に倒れていたのは鎧の隙間から黒煙立ち上らせピクリとも動かぬ黒原の伏した姿だった。

「お見事」

僕らは内心呟くと、遠くに聞こえる御用提灯の声にひと息つく。宗春さんが町方を動かしたんだろう。ありがたい。

となれば……。

「義宗さん」

「心得ております」

混乱に乗じて、姿を消す僕ら。

あとは宗春さんらが、上手くやってくれるだろう。僕らは納刀し、ひとつ頷き合うと黒原邸をあとにする。

僕はようやくかいてきた脂汗を拭いながら、夜道を駆ける。義宗さんと肩を並べ、駆ける。

これで終わったのだと噛みしめながら。

第四章　火事と喧嘩は

1

神隠しの一件ののち、なんやかんやありながら、江都の町はそれなりの平和を見せていた。

……お互いまずは婚約者ということで付き合い始めた義宗さんと、こうして城の外での見廻りを加納さんに認められたということもあって、デートのように繰り返す毎日。

なのだけど。たとえば江都の市中見廻りを義宗さんと一緒にやっていると、「向こうで怪しい人影が」とか、「このあたりは人気がなく物騒」という噂から周辺を調査する……なんてことがよくある。

たいていの場合はよからぬことが行われている形跡などはなく、あったとしても子供たちの秘密基地や、それこそ野良犬野良猫の類いが――なんて状況だったりする。

都度、江都を騒がす悪の芽などなかったのだと胸をなで下ろすことになるのだが、ごくたまに悪の企みなどではなく、庶民の方々のヒミツを垣間見てしまうこともあったりする。

今日なんかはそれだった。

「ののの、信行どの……あれはいったい」

「落ち着いてください、あれはその」

ええと、なんと説明したらいいものやら。川沿いの林野の影で怪しい取引が……などという噂の真相を確かめるべく気配を消して探りを入れたら、若い男女が仲睦まじくデート……というか野外で性行為をしているところを目撃してしまっているのでした。

「長屋などで暮らしているとどうしても周囲の目と耳がありますから、このように外で人目を気にせず睦み合う男女も少なくないんです」

デートスポットといえば聞こえは柔らかいかもしれない。こういう場所は暗黙の持ち回りで、誰かが使っているようならほかの男女は別の場所へというのが慣わしだとか。

「え、え、あの、よく見えないのですがお口で殿方のをくく、く、咥え……」

「出歯亀は無礼ですよ、ささ、行きましょう」

僕は義宗さんを連れて引き返す。……まるで未練たらたらな犬を引きずってるような感じになってるんですが、見たいのかな義宗さん。

引き返す途中、こそこそ入ってくる男女と出くわしたが、先客がいると思ったのか目礼を返して引き返していく。けっこうあるんだなあこういうスポット。

「ほら、庶民の邪魔をしてはいけませんよ」

「しょ、庶民のかたがたはこういう野外でその、いたすものなのですか？」

「湯屋や茶屋を使うにはお金が嵩みますからねえ。逢い引きともなればこのような場所を使う人も多いと思いますよ。ほら、体面を重んじる武家なんかは、それなりに秘密が守れるところに行くでしょうから」

武家でも気にしない人はいると思うけど、あまりやらないだろうなあ。たいてい屋敷もあるし。

「しかしその――」

義宗さんは桜色の唇を少し舌で湿らせると、妙にドキドキする表情で囁《ささや》く。

「お口でするのは気持ちのよいものなのでしょうか」

とつぜんの質問にどきりとしてしまう。林を抜ける前だが、周囲を確認してしまう。腕にしがみつくようにその胸を押しつけてくる彼女はその、なんというか、可愛くて。

もしかして場の空気に当てられたのかな。

僕はなんというか、「と、思います。たぶん」と曖昧に答えつつ。「してもらったことがないのでわかりませんが」と付け加える。

恥ずかしくて視線を泳がすと、彼女もまたしがみつきつつも視線はそよそよと。

ただそれでもギュっとしてくる力と、ほんのりと伝わってくる大恩は徐々に高まっていく。

僕は掴まってくる彼女の手に自分の手をそっと添えると、確かめるようにそっと握る。

ふわっと、彼女は握り返してきた。

◆　◆　◆

そして、僕らはいつもの湯屋の二階へと。

「すごい、もうこんなに大きくなって……」

節操なしと思われてないだろうか。ここに来るまでもう彼女と致すことしか考えられず、男の部分が痛いくらいに大きくなっていた。

屈みこむ義宗さんの顔に突きつける見せ槍のように、僕のものがはだけた着物の間から突き出されている。彼女が僕のそこに顔を寄せている目的は、ひとつ。

「私相手だからこうなっているんですよね……」

嬉しそうに呟いて、彼女が僕のものの先端に唇を寄せ、迎え入れるように舌先を出すと温かいお口の粘膜で僕を包みこみ始める。添えられた手が揉みほぐすようにしごかれると、たまらず声を上げそうになってしまう。

「もちろん、ほかの子相手じゃこうはならないよ。僕がこうなるのは、好きな義宗さんにだけ」

「ふふふ。では信行どの、お気持ちを楽に。すべて私に任せてください。……いきますよ……んちゅ」

ぅぁあ！　こ、これは未知の快感だ。蠢《うごめ》く舌と、竿をしごく口唇の愛撫、温かい吐息までもが僕のものをこれでもかと優しく、そして容赦なく刺激し始める。

膣内とは違う感触に、おもわず腰が退けそうになる。が、察した彼女がすぐに腰に手を回してくる。

「逃げてはいけませんよ。ちゃんと、堪能してください。……ちゅ――」

しかも口は先端部分をしっかりと、これでもかと熱くねぶっている。絶え間なく的確な刺激を与えられ続けていると、僕の息もどんどんとその快感に抗うように上がっていく。

「うぁ、上手すぎるよ、義宗さん」

「ちゅ……。随分気持ちよさそうな声が出てきましたね。初めてで上手くできるか不安でしたが、悦んでもらえて嬉しいです」

ほんとに初めてなんだろうけど、上手すぎませんか。唾液で肉棒がてらてらになるまで丹念に愛撫されていると、彼女の才能がこういう部分にも開花してるのだと思わざるを得なくなる。

「固さも大きさも、すごい……。この張り、作り物とは全然違いますね」

いまなんと？

「作り物？」

「はい、先日大奥の者から張形を相手に手ほどきを受けましたから。信行どのは思いのほか助平ですから、悦んでくれるかなと」

な、なるほど……僕のために。

「練習はしていましたけど、実物は全然違いますね。……ん～……ちゅ。熱くて、びくんびくんしてして、そして……愛おしさがどんどん溢れてきます」

……僕もです、義宗さん。

頬を上気させた彼女が丹念に舐め上げてくる快感にじっと耐えていたが、僕はとうとう観念してその気持ちよさを受け入れて味わうことにした。体の力が抜けていくと、彼女の愛撫もどことなく安心したかのように優しく……しかし力強くなっていく。

「どんなふうにしてほしいですか？　あなたのこと、もっと教えてください……」

指で作った輪を使って優しくしごき上げながら上目で聞いてくる彼女。これはすぐにイってしまいそうになる可愛さと快感だ。なんとかして意識を逸らせなければ。

「……おっぱい」

「はい？」

「おっぱいが……見たいです」

息も絶え絶えに、そう言うと、彼女は僕の言葉に頷きつつ自分の着物に手をかけ……。

「はい、これでいかがですか？」

ふるん、ふわんと。その綺麗な双丘を露わにする。うっすらと汗を帯びた先端の桜の突起がピンと自己主張をしている。

「大きい……それに綺麗です」

「そ、そんなに見つめられては恥ずかしいですよ。信行どのが喜んでくれるのは嬉しいのですが……んっ」

銜えこむ動きに合わせて胸がふるんと動き、軟らかな肉に小さい波が揺れる。耳から聞こえてくるえっちな滑り音とあわせて、全身が彼女に包まれているかのように錯覚する。

「はぁ……舐めていると、この部分への愛おしさが募ってくるようで」

そういうものなのだろうか。僕が義宗さんのおっぱいに愛おしさを感じるようなものなのかもしれない。

「初めて見たときは怖いと思いましたが、よくよく見れば、可愛いところもありますよね」

イチモツを可愛いと評されるのは少し微妙だが、口唇の愛撫でこうも翻弄されていると否定のしようもなく。

「でも、こんなに大きいものが膣内に入っていたなんて。苦しくて当然ですよね。何度も奥を突き上げられて、全身で信行どのを感じて。……すべてが初めての体験でした」

「あのときは加減ができなくて」

僕も初めてだったし。

「いえ、いいのです。最初こそ苦しかったですが、満ち足りて、素敵で幸せな時間でした。ですから、そのときのお礼を……」

そういいつつ、彼女は僕の肉棒を愛おしく撫で上げ、カリ首のあたりを重点的に舐め上げ始める。裏筋、そして鈴口をくすぐるように、ときには強く吸い付きなぶり上げ、その快楽のフルコースに腿が震えてくる。

もう先走りなのか唾液なのかわからないものが、亀頭から彼女の唇にツゥっと橋がかって光り落ちる。

そこからは、もう容赦はなかった。

一気に頬張るとしごき上げながら僕をイかせようとするだけの貪欲な動きへとシフトしていき、彼女の頭を抱えるように手を添えるとその快楽に集中して荒い息を必死に整えようとする。

見てるだけでイきそうだったが、ついに限界を迎えてしまった。

音が立たないくらい強烈に吸われた瞬間、彼女の熱い舌の上で盛大に射精をしてしまう。腹の底からビクンビクンと跳ね上がるように噴き出す体液が、彼女の口腔を犯し抜き、あますことなく嚥下《えんげ》されていく。

飲み下す舌の動きが、敏感なイチモツを慰めるようにうねりながらだんだんと落ち着いていく。

「ふぅ……。思ったより濃くて、喉に絡みつきますね。少々苦いですが、信行どのの味だと思うと、何度でも飲みたくなってしまいますね」

か、可愛い。

好きな女性のする精飲がここまで男心をくすぐるとは思わなかった。

「あらら？　まだ元気な様子。……信行どのが満足するまで致しましょう。徳河大奥が培ってきた技は、まだまだこんなものではありませんからね」

恐るべし徳河の歴史。

僕はそのあと、その片鱗を性が尽きるまで味わわされることになったのでありました。

2

――などということもあれば。

「わあ、もうこんなに大きくなって。熱くて、固くて……」

稽古あとの道場で僕は義宗さんに押し倒されていた。押し倒され、その豊満なおっぱいでがちがちに大きくなった肉棒を挟みしごかれているのには理由があった。

「私の胸、気持ちいいですか？」

「ええ、すごく」

「宗春のよりも好きですか？」

「はい、もちろん」

「ならいいのです。ふふ」

道場で稽古をしていたら、陣中見舞いとばかりに宗春さんが久しぶりに顔を出したんだけど、久しぶりなだけに僕がその宗春さんのムネムネに目がいってしまったのを見咎められてしまったというわけで、婚約した仲である義宗さんを前にデレデレしていた（らしい）僕に拒否権はなく、こうして押し倒されておっぱいで股間を蹂躙《じゅうりん》されているという流れなのです。

「すごい、胸の谷間が押し広げられています」

「そりゃあ、好きな人のおっぱいに挟まれたら男なら興奮しますからね。……というかあまり見ないでください、さすがに恥ずかしいですよ」

「だめです」

だめか……。うう、そのまま胸全体で擦り上げてくる。その刺激に板の間で仰臥したまま呻いてしまう。

「いままででいちばん大きくなってる気がします。やはり信行どのは胸が……胸が……。あ、ビクンてしました。そんなにおっぱいが好きなんですねえ」

股間で返事をしてしまった。

はい、大好きです。

「まあもっとも、いつか試そうと思っていた徳河の秘術です。いーっぱい味わってくださいね。れろ……んちゅ」

そ、そこからさらにフェラですか。

熱いパイズリとフェラというあ合わせ技に僕はもうどうしようもなく興奮している。なにより下腹部にかかる重みと温かさがすさまじい。優しく蹂躙されるとはこのことだ。身動きできないまま、艶めかしい滑りに犯されていく感触はひじょうに気持ちがいい。

腰ごと溶けちゃいそうになる。

乳圧が高まり、肉棒にかかる摩擦も増していく。両方から挟みこむだけではなく、捏ねるような動きは張りのある乳房と相まって実に強烈な刺激を生み出して僕の脊髄をとろかせにくる。

しっかりホールドされた肉棒を舐め上げられながら、乳房全体でしごかれ、愛撫され、責められ、癒やされる。性的快楽と安心をもたらす温かさに射精感を高められては宥められ、僕はそのテクニックに翻弄される。

「ではそろそろ」

ついにとどめを刺しに来ると思った瞬間、快楽を宥める温かさが熱を帯び、ともに快感を押し上げるように刺激が増してきた。

「うう、も、もう――！」

「遠慮は要りません。信行どのの子種をいっぱい、いっぱいかけてください……！」

射精のお許しが出たことで、僕は腰を跳ね上げて思うさま彼女の胸の中に射精する。びくんびくんと跳ね上がる肉棒から遠慮なく放ちつつ、熱い谷間の感触に気が遠くなりかける。

すさまじい快感だった。

「す、すごい。胸の谷間でこんなに暴れて……」

白分でも呆れるくらいの白濁液があふれ、彼女の肌を白く染め上げている。どんだけ出したんだ僕ってヤツは。いや、まだその噴出は衰えず、鼓動に合わせるようにどくんどくんと彼女の顔にまで放たれる。

「ま、まだ……こんなに。すごく濃くて、青臭くて、なんかクラクラします……」

……この前のフェラといい、今回のパイズリといい、彼女にはしてもらってばかりだ。

「ねえ、義宗さん。こんどは僕が気持ちよくしてあげたいけど、いいかな」

「ほぇ？　い、いえそんな、お気遣いしていただかなくとも……」

都合の悪いことは聞こえないのが僕の耳。

恥ずかしがってはいるけど嫌がってはいないので、僕はそのまま彼女を優しく押し倒し返して足を広げさせる。

濡れそぼった股間とお尻が目の前に現われる。

ふるんと乳首を上向かせるおっぱいとあわさって、ものすごい破壊力だ。

「そ、そんなに顔を近づけられると恥ずかしいです！」

「可愛いですよ」

いままで僕のもじっくり見られていたので、これでおあいこです。

愛液は膣口のあたりから陰唇の隙間から湧き出るように染み出している。太股を伝うそれは擦れ合って糸を引き広がっていて、女の子の香りと相まってものすごく興奮してしまう。

その綺麗な秘裂に顔を近づけようとしたが、彼女の手で少し押さえられる。

「あ、あの、信行どの！　せ、せめてそこはお風呂に入ってから……！」

けど、舐めた。

味が薄まってしまうのはもったいない。「うう、信行どのが変態になっていくぅ」なんて押し殺すような悲鳴が聞こえたが、聞こえないふりをする。

羞恥《しゅうち》の極みで閉じられる太股の間に顔を挟まれてしまうがもう遅い。舌はその陰唇を押し分けるように膣口と陰核を舐め上げている。

「きゃうんッ！」

いい声が聞こえてきた。太股が硬直するが、ぷるぷると震えるように徐々に力が抜けていく。

優しく優しく、解しきるように愛液を絡めながら舐め上げていくと、彼女の吐息が徐々に熱を帯びていき、太股の圧力は拒絶の色ではなく求めるような保持の気配を見せてきた。

「そ、そんなところを舐めちゃ……ん、はぁ……舐めちゃ、んッ！」

少し塩気のある体液を舐め上げながら、愛撫を重ねる。そのうちに僕の股間も随分と暴れん坊っぷりを取り戻してきてしまう。節操のなさは僕そのものだ。

「義宗さんの味、すごく興奮します」

「んんんん～!!」

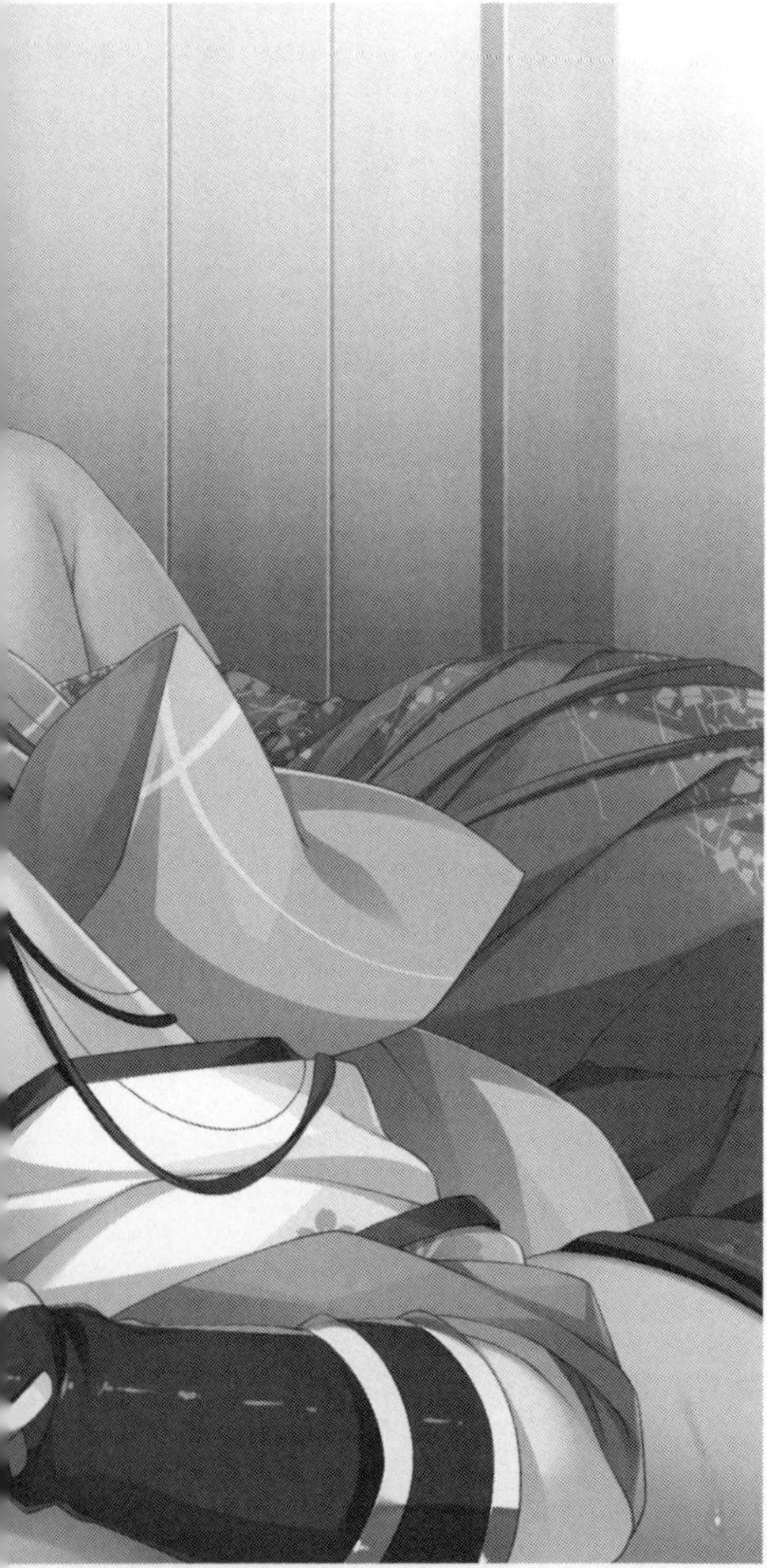

焦らすように膣口を避け、その周りを丹念に舌先でなぞる。陰唇のヒダを口唇で解し、隙間に舌を滑りこませ丹念に舐め上げていく。

「は、恥ずかしいのに……うっ。頭がふわふわして、は、はしたない……」

すごく感じているのがよくわかる。舌先の滑りも、板の間に滴るものも、徐々に増していっている。

甘酸っぱい香りを楽しむように、鼻先まで押し当てるよう丹念に、そしてやや力をこめて陰核を舌で押し撫でる。

「んッ！　あぁぅ……だ、だめですよぅ……！　か、顔から火が出そうです……！」

悦んでいただけてなにより。そしてなにより、義宗さんは陰核がすごくビンカンなんだってことがよくわかった。優しく、でも容赦なく責めよう。

そして心ゆくまで舐め上げていくに従い、彼女の太股が震え始め、つま先がキュっと縮まり上がってくる。ピンと伸びたそこが打ち震えるや、僕の鼻先で彼女の愛液が勢いよく飛び散った。

「んんんぁぁあッ～‼」

押し殺しきれない声とともに、義宗さんは全身を打ち振るわせ、そしてやがてゆっくりと脱力する。より濃くなった隠微な熱と香りに、僕は彼女の体が絶頂を迎えたのだと理解した。

「だ、だめ……信行どの……！」

いちどだけでは治まらなかった。好きな女の子をイかせたという実感を確かめるべく、僕はヒクヒクと蠢くそこにもういちど舌先を沈みこませる。

「恥ずかしいところ、ぜんぶ僕に見せて」

「で、ですが――」

答えにならない喘ぎ声。僕は彼女の言葉を待たずに膣口までも愛撫し始める。待ちきれなかったそこは僕の舌先にビクンと締まって反応し、粘度の高まった愛液を滲み出させ始める。

「ふわぁぁぁぁあああ～!!」

二度目の絶頂はすぐだった。彼女は一回体が快感を受け入れると、立て続けに絶頂を繰り返すタイプのようだった。

僕はそれが愛おしく、抵抗する気配のない彼女のそこを抱えこみ、執拗に愛をこめて撫で上げていく。

三度目の絶頂は盛大に潮を吹くまで悶えさせられたのだが、気が付けば数度の愛撫の果てに、道場に入りこむ陽射しは西に傾いており、夕焼けの赤さに彼女の火照りきった肉体が浮き立つように上気している。

「はぁ、はぁ、はぁ……」

やりすぎちゃったかな？　もうどろどろになったそこから体液を滴らせながら、力の入らない股間を開いたまま、義宗さんは天井を茫洋な目で見上げながら息を整えていた。

「ずっと舐められちゃって、私の中、いっぱい舐められちゃいました……」

かれこれ数時間はクンニし続けてしまったことになる。やりすぎてしまった。

「く、口でされるのは癖になりそうれしゅね」

舌が回っていない。癖になりそうなのは確かに。するもされるも気持ちよさが半端じゃない。

でも、やっぱり舌だけでは満足できない。

彼女も、僕の股間も。

モジモジと彼女は太股を擦り合わせながら、おずおずと体を起こしながら、上目で僕におねだりをしてくる。

無言のそれは、しかし雄弁にしたいことを物語っていて、僕は彼女にのしかかられるまま、対面座位の状態で彼女を支えながら膣内に挿入していく。

「すごいことになっているね」

肉棒を挿入した瞬間、そこはもうドロドロになっているのがわかった。入れた瞬間に粘膜が痙攣《けいれん》し軽く絶頂しているのを感じる。

彼女にかき抱かれるように回された腕がぎゅっと力を増す。下半身に力が入らないぶん、上体を支えるようにして腰を使い始める。

「ふぁあああ～んッ！　んんっ、ああぅ！」

もう、イっているのかイっていないのかではなく、絶え間なく細かくイき続けているような状態だ。彼女は涙混じりに喘ぎながら、僕の腰の動きに合わせて細かく痙攣を繰り返す。

抱きしめてくる腕の力は増し、僕の肉棒の先端が彼女の最奥を突き上げるたびに締まり上がってくる。やがて弓なりに反り返ると、盛大に息を押し殺して泣き叫ぶように絶頂を

迎えた。

「イっくッ……!!」

ガクガクと震える体を抱きしめる。それ以上に僕は彼女の膣で痛いくらい締め付けられる。

「の、信行……わ、わたしまた、す、凄いのきちゃう、きちゃいそう……！」

「いいよ、義宗。僕もイきそう」

彼女の律動にあわせて、僕の背筋から射精の快楽が這い上がってくる。その奔流に押し流されるように、僕は彼女の膣内にありったけの精液を打ち放った。

「イ――イくぅ～ッ!!」

絞り出すような膣内の動きに促され、僕の射精は際限なく続くかと思われた。

「な、中にいっぱいでてりゅう……」

出る。まだ出る。数時間のクンニで焦らされた射精はかつてないほどの量を彼女の膣内にぶちまけていた。

貪欲に飲み干す彼女の子宮は、これでもかと出される僕の欲望を受け止めきる。

やがてお互い息も落ち着くと、薄暗い道場で見つめ合う。

「いま、すごく幸せです。あなたはいかがですか?」

「僕も幸せだよ」

「お腹の中が熱くて、信行どのがまだいるみたい。……ふふ、世継ぎ問題はすぐに解決しちゃうかもしれませんね」

自分の下腹部を優しく撫でる義宗さん。そのお腹に、新しい命が宿るところを想像して、僕は照れくさくなってしまう。ここまでエッチなことをしておいて、家族が増えるその想像で、なんかむず痒い幸せを感じてしまったからだ。

「こんなに幸せでいいのでしょうか――」

「いいんじゃないかな。自分が幸せじゃないと、誰かを幸せにすることはできないからね」

愛する人と江都をよいものにしていく。そんな彼女の願いを叶えたい。素晴らしい夢だと思う。一緒にその道を歩みたいと思う。

そして僕らはどちらともなく顔を寄せ合い、軽いキスを交わすした。

ずっと、ずっと、一緒に支え合っていこう。

そう思った。

3

僕たちが登城し、加納さんに婿入りの件が滞りなく準備できた旨を伝えて数日が経った。

加納さんの喜びようは凄かった。ほんとに大喜びだった。それに恥じないよう僕もしっかりしないとなと、気持ち新たに迎えたそんな日だ。

未だ公にはできないが、『貧乏旗本の三女との交際』としてなら大いにすべしと太鼓判となりました。

ちなみに珠樹は落ち着くかと思いきやいつもとあまり変わらなく。一夫多妻制だと冗談交じりに長屋へ押しかけてくる毎日だ。

越後屋の番太《ばんた》も後任が決まり、僕は書院番として禄を食む幕臣へと取り立てられることになった。書院番、つまりは上さまの護衛となる。

身の回りの変化は、とにもかくにも、公私ともに静かに進んでいったんだ。早く出世しなきゃなあ……なんて思い、まさか自分がするようになるなんてね。

そんな中飛びこんできたのが、件から噂の市中火事騒動の一件。「これは火付けの仕業では」という見方も広まり、同じくはびこる盗賊の事件と相まって「火付盗賊改方《ひっけとうぞくあらためかた》」の必要性が急浮上。

しかしその任も、長官には猛者で有名な逸見大左衛門《いつみだいざえもん》が抜擢されることに。僕の任期と経験の未熟さがこれに関わるのを遠ざけていたのは悔やまれる。

ただ、これぱかりは仕方がない。彼とは江都城御前試合で立ち合ったことがあるが、経験ばかりは逸見大左衛門のほうが長さも密度も上であることは自覚するところだ。幕閣重臣の間宮白石《まみやはくせき》様が推挙するのは悔しくはあるが妥当だと思う。加納さんなどは推挙しきれなかったことを悔やみ、申し訳なく「間宮め」とこぼしていたけど……。

「悔しくはあるけどね」

「過ぎたことをいつまでも。それをお庭番に愚痴る日那もどうなんですか」

書院──僕らのいうところで『書庫』で控えているとき、「いるかな？」と思って声をかけたらりんちゃんが天井から覗きこむように顔を出したから、ついつい独り言のように愚痴ってしまっていた。

「お庭番も暇じゃねーんですが」

「お邪魔だった？」

「──実はそういうわけでもなかったりするんです」

加納さん直属のスパイ──公儀隠密であるりんちゃんは、僕に聞こえる程度の小声で返してくる。ここは僕も声のボリュームを抑えて話すことにする。彼女の耳なら聞き取るだろう。内緒話ということだ。

「火盗改でよからぬ噂を耳にしまして」

「よからぬ噂？」

「火盗改が組織され、火付け盗賊がなりを潜めてきたのは事実なんですが……」

「用心棒よろしく、火盗改が商家に賄賂をせびり始めたとかかな？」

「たまに頭が働くんですね日那」

たまに言うな。種明かしじゃないが「珠樹から朝草周りの商家がそんなことを言われ困ってた」と続けると、りんちゃんも納得がいった様子でフムーと唸る。

「このことはご公儀は？」

この場合の『ご公儀』とはりんちゃんの直属唯一の上司である老中加納格道さんにほかならない。りんちゃんが知ってるということは、加納さんだとて知っていると見るべきだろう。

「商家に押し入っては火付け盗賊を匿っているとの嫌疑をかけ、強請りたかりをやってのける。しかも長官である逸見大左衛門の名を平気に口にする始末ですよ」

「上司公認の恐喝？　なんか変だな」

言いがかりで小遣い稼ぎならそこまではしないだろうに。

「あとは『鬼火』の噂です」

話が飛ぶなと思ったら、さにあらず。噂ではその『鬼火』が現われた屋敷は、翌日必ず火事に遭うとかなんとか。

「屋敷が火事？　火付け……か」

「でも翌日なんです旦那」

鬼火が現われたその瞬間ではなく、あくまで翌日か。予告？　みたいなもの？

「その鬼火が現われる屋敷はもしかして」

「ご明察」

りんちゃんが頷く。――火盗改に金を出さなかった商家、か。なるほど。

「ただの噂かと思いましたが、目撃情報も多く、無視できないものかと」

そのとき、烈斬がカタリと鳴る。

「鬼火か。その騒ぎ、狐の妖怪の仕業かもしれねえなァ」

「烈斬、妖怪だなんて……」

　と言いかけて、ハタと思い出す。

「そうか」

「そういうことだぜノブユキ」

『秘宝』を使った仕業の可能性か。

「りんちゃんはこのことを知らせに来てくれたの？」

「いいえ、色ぼけ旦那の様子を逐一報告して欲しいと珠樹さんに雇われまして。そのついでにお伝えしたまでです」

「なんかトゲない？　りんちゃん」

「気のせいです」

　そうか～。……ともあれ珠樹には釘刺しておかないと。仕事中にそんなことするはずないでしょうに。

「――りんちゃん、加納さんの所に行く予定は？」

「都合のいいことにこれからです」

「じゃあ、ちょっと見廻りに出てる旨、伝えて欲しいんだけど」

「承知致したですよ」

　……こうなることを見越しての、加納さんの誘いだろうなと確信している。つまり、書院番として、お庭番手伝いとして、まずは動いてみて欲しいとのことだろう。

天井からりんちゃんの気配が遠ざかる。

さて、実は礼法の勉強などを除けばそんなにすることもないので、退屈していたところだ。……こんなことで禄を食んでいいものかと思ってた矢先に仕事だ。

僕は烈斬を刀袋に入れ手にし、書院をあとにする。殿中での帯刀はほんと気を遣うね。


「さ、行きましょうか！」

門外へ出て堀を越えた先にいたのは義宗さんだった。こうなるだろうなと思っていたのでべつに驚かないが、すんなり出てこられた様子を伺うに、加納さんも婚姻の案件で随分と安心したんだろう。書院番――護衛の役目も果たさなきゃね。

「話はどこまで聞いています？」

「間宮の推挙した逸見が長官、火盗改の悪い噂。そして、不審火の話ですね」

りんちゃんから聞いた話は子細伝わっている様子だ。

「昨日鬼火が現われたという屋敷がありますので、そこに行ってみようかと」

「承知致しました」

僕らは噂の屋敷へと連れ立つ。心得たもので、昔からの相棒と一緒に捜査に向かうような安心感がある。恋仲としての彼女と、こういう間柄の彼女との関係性はなんというか実に心地好いものだった。

「以前、宗春の言っていた秘宝の横流しについて覚えていますか？」

『怪力乱魔』の絡んでいた話ですね？　横流しというか盗まれた物の流出というか、とかくそういう市場が裏であるとかないとかいう、あの？」

義宗さんは頷く。やはり情報が集まる立場、今回の一件に思い至るところがあるのだろう。

『狐火の煙管《きせる》』というものがあるそうです。火種のないところから炎を生み出す秘宝だそうです」

「その火は、鬼火のような青白い炎、ということですか」

なるほどねえ。……しかし、秘宝か。烈斬の勘も当を得たものだったたか。

「となると、聞き込みと場所の確認。そうなれば――」

「あとは夜の張り込みですね！」

「嬉しそうに言いますね。加納さんの許可だって下りるとは…………下りそうですね」

「はい」

にっこりと。さすが老中加納格道、僕と義宗さんの仲を深めようとする方向にシフトした途端に権力の限りでバックアップときた。

加納さんが味方でよかった。

ともあれ、日が暮れるまで鬼火の噂と、噂が立った屋敷の周囲を探っていたのだが、あまり確かな情報は得られなかった。

火盗改の強請りたかりにはどこもかしこも大なり小なり困っていると見えて、文句に枚挙のいとまもないほどだ。組織されたての強権組織で、そこの構成員が悪乗りしてる程度であれば釘も刺されるだろうが、どうもそうではないらしいとの噂もある。

噂で動くのは危険だが、裏を取るのももっと危ないような気がする。いまは鬼火、火付けの被害を止めるのを目的に足場を固めるほかはないと思う。

そこに、万屋としてりんちゃんが合流してきた。日も暮れたので頃合いとみたのだろう。

「命じられた火盗改の動向を報告しにきました。……噂に違わぬ、いや、噂以上の横暴さが聞こえてきましたですよ」

取り締まりを笠に着たそれらの話は、想像が付く故に予想以上だった。疑わしいというだけでお縄にされた無辜の者も多いという。

「拷問の末にやってもいない罪を自白させ、盗賊として小伝馬《こでんま》送り。火盗改の功績としている節が」

「なんですかそれは、そのようなことを許した覚えはございません！」

あまりのことに義宗さんが声を荒げる。確かに酷い。功績ほしさに自作自演か。

「これは確かに、看過できませんね」

「強引な取り締まりのせいで、火盗を見たら戸を閉じるほどだとか。江戸の治安を護るためとはいえ、強引がすぎて人々は恐怖を抱いてます」

そのとき、烈斬がカタリと鳴る。

「ノブユキ、話はいったん後回しだ。屋根の上を見ろ」

烈斬に促されて見上げれば、笛の音のような耳鳴りとともに、茫洋な青白い光——炎が浮かび上がっていた。

「本当に鬼火が出るとは⁉」

「燃え移る前に退治します。りんちゃん！」

「承知！」

身軽な彼女に先行させる。即座に放たれた二本の苦無《くない》が炎に飛来する。――が。

キン！

それは刀のひと振りでたたき落とされる。

「な、あれは！」

鬼火が強い輝きを放ち下りてくる。その炎はやがて人型を取り――。

『オオオォォォ……！』

不気味な咆吼とともに、炎を纏《まと》った甲冑武者へと変貌した！　これが鬼火の正体⁉

「狐じゃないが、こいつはほんとに妖怪なんじゃないのか烈斬」

「斬れりゃ倒せる。油断するなノブユキ！」

挟み撃ちにせんと回りこもうとした矢先――。

「消えた？」

まさにその炎武者は、煙が如く消え失せてしまった。それこそ狐につままれた感じだ。

「――先手を打たれ、逃げたとみるか」

烈斬が呟く。そう見るのが妥当だろう。

「秘宝が使われた可能性があります。少し調べてみましょう」

義宗さんも頷き、相手を完全に見失ったりんちゃんが悔しそうに下りてくる。

すると、程なくして足音が。――あれは、火盗改か！

「義宗さま、いけません」

りんちゃんが義宗さんに言うや、ふたりは物陰へと隠れる。先頭にいるのは逸見大左衛門、顔の知れた義宗さんがいるとなれば、なぜ将軍がと要らぬ騒ぎになるだろう。

「騒ぎがあったのはここか」

「は、鬼火が見えたとの報告がありました」

……報告？　さすがに早すぎないか。

「ん？　そこにいるのは神泉信行どのか」

「これは長官」

目礼で返す。逸見は僕を値踏みするようにしていたが、「なにか怪しいものを見たか？」

と問いかけてくる。

「いや、別段」

「左様か」

逸見は配下に「ゆくぞ」と申しつける。それで済ますのかという配下の目線を制しながら、
彼は「このようなことで時間を割いている暇はない」と吐き捨て、踵《きびす》を返して通りを去っていった。

「お忙しいようで」

その背中に僕はひと言投げかける。聞こえてはいないだろう。

「どうしますか？」

物陰から出てきたりんちゃんが指示を仰いでくる。様子を伺っていた義宗さんは夜の帳がおり始めるのを確認しながらフムと一考する。

「先ほどの炎武者が現われるかもしれません。交代で見張りをしましょう」

「かしこまりです。では、張り込むための食事などを用意して参ります」

さすがりんちゃん、心得ている。彼女はすぐさま駆け出す。

その後僕らは交代で屋敷を見張っていたが、明け方近くになっても鬼火は姿を現さなかった。

しかし、鬼火——不審火は別の場所で発生し、長屋二棟を全焼させたところで鎮火されたとか。

4

鬼火の噂は炎武者の噂とともに瞬く間に江都中に広まっていった。噂は尾ひれが付き、不審火は幕府が行ったものだとか荒唐無稽なものまで生まれる始末だ。

そんな噂が立ってきたある日のことだった。

夜回りをしていた僕が、偶然にも同じく夜回りをしていたお辰さんが炎武者に襲われているところを助けるという一件があった。

僕はそのあと、彼女に肩を貸しながらめ組の配下とともに詰め所にやってきたのだが……。

「偏りがある？」

そう尋ねる僕に、お辰さんは「臭え話になるけどな？」と前置いて、手書きの江都の見取り図を広げる。

「実際に火が付いた商家は、実は少なくてな？　もっと多いのが、長屋だとか、朝草や本処、郊外近い庶民が身を寄せ合って暮らす地域だ」

「――丑込、八町堀、城近い武家屋敷には被害がないと」

「そういう感じさ。臭うだろう？」

「キナ臭さが際立ってますね」

「義坊から聞いたことがあるんだが、若年寄が勧めている江都の再開発計画。その計画地しか被害に遭ってねえんだ。幕府が火をつけて追い出しにかかってるって涙ながらに無念を語る者も多い。あながち噂も『火のないところに立った煙』とも言いがたいときたもんだ」

ということで夜中に朝草あたりで張り込みしていたらしい。凄い行動力というか、火事絡みで引っかき回されてるから我慢の限界というか堪忍袋にキてたんだろうなあ。

「で、相まみえたってわけよ。そのヒョットコ炎武者と。あの妖怪、あたいがめ組の頭領だって知ってやがった。目障りだともいってたな」

「じゃあ僕が助けに入ってなかったら、やっぱり危なかったわけですね？」

「面目ない、殺されるところだった。命の恩人だぜ」

喧嘩っ早いのはいいけど、あの炎武者相手にヒョットコ呼びして殴りかかるのは無謀がすぎる。恐るべし江都っ子。

だが助けに入ったときのことを思い出す。『おのれ神泉信行、キサマも邪魔だ、ここで始末をつけてくれる』とあいつは言ったのだ。め組のお辰さんのことも、僕のことも知っていた。邪魔だと、はっきりと怨嗟の声で。

顔見知り。また、何度も邪魔をしてきたと思われている。鬼火を迎え撃ったのはあの日の一度きりだったにも拘わらずだ。

「お辰さんに火付けの場所に心当たりがあるよう、僕にもあの炎武者の太刀筋に心当たりがあります」

「なんだって？」

あの真っ直ぐすぎる、やや力味にすぎた太刀筋。体躯に恵まれた彼——逸見大左衛門のそれに似ている。

それは以前、御前試合で対峙したことがあるゆえの既視感だった。

「結局また逃げられてしまったわけですが、尻尾はつかみかけたということです。——あとは義宗さんらとともに、なんとかするしかありません」

火傷などで養生所に担ぎこまれる人も増えてきている。これ以上好き勝手させるわけにはいきそうもない。

「今夜もまだ火事があるかもしれません。め組の皆さんも、お気を付けて」

「どこへ行くんだい？」

僕は答える。

「明け方を待ち登城します」

◆◆◆

事の次第を確かめるため、僕は長屋のりんちゃんの部屋を訪ねた。が、案の定、留守だった。僕が思ってるようにお庭番のお役目だろう。

「度重なる不審火に不安は募るばかりときている。ノブユキ、どうするつもりだ？」

自宅に戻り登城を待つ間、烈斬もひと休みかと思いきや、瞑目する僕にそう尋ねてきた。

「烈斬も気が付いてるんだろう？　普通なら思いも付かない繋がりだが、火炎武者の太刀筋や、公儀へ目をそらせ火を放ち最終的に得をする者の流れを知ったらさ」

「火盗改。火付けを取り締まる部局が首謀してるとなれば、最後に被るのはどうあったって幕府……つまりは公儀そのもの、八代将軍に向くってこった」

そう。しかし発案から認可まで主導し、逸見大左衛門を長官とし推進していた黒幕がいる。証拠もなにもいまはなく、おいそれと口にすればこんどこそ首が飛ぶ始末だ。

「だから、僕ひとりが動くぶんには……とは思ってたんだけどね」

「やっぱり火盗改の詰め所に乗りこもうって考えてたんだな？」

「あたり。『狐火の煙管』だったっけ？　そういった危険な秘宝を見つけたら勝ちだと思ってた。だけどそんな馬鹿な考えすぐに棄てたよ」

ほう？　と烈斬がカタリと笑う。わかってるくせにこういうところが人間くさすぎて頼もしく思える。

「だから城へ。加納さんや義宗さんを頼るよ。りんちゃんが動いていて、あのふたりが知らないはずはない。僕だけ動いて口を封じられたらそこで終わっちゃうからね。真影流は勝つための剣というよりも、負けぬための剣だと心得てるしさ」

「ははっ、いいよるいいよる。だがまあ、目的が火付けを止めることという一点から目をそらさないのは見事。そのために使えるものを使い勝てる状況に少しでももっていく。まこと剣は振るうまでが戦いであり、抜き戦うのはあくまで決着の一要素という内容の言葉は流祖も残している。悟ってるねぇノブユキ」

「師匠がいいからねぇ」

死ぬわけにはいかないし。ここは最大限の手は打っておきたい。帯刀しているときに、常に烈斬から心を通して真影流の基礎は馴染ませられている。技ではなく術を刻むことで、状況に応じてからだが動くようになっている。動くようになっていたのは心も同じだった。

「じきに、夜が明けるな」

「登城時間の前はものすごく混み合うものね。僕ならほら、ひとり身だし、パパっと」

「火盗の詰め所の前に江都のお城に忍びこむってか？　どっちにしろ無謀なことには変わ

りねえなあ」

登城——城に入るには大名の序列による厳しい順番決めが暗黙のうちに成されている。偉い人から城に入れるってわけなんだけど、待っていたら誇張抜きにお昼になってしまう。将軍の謁見が終り次第りんちゃんに頼んで声がけするにしても、昼過ぎまでは政務だろう。

「しかしそんななか義宗さんはよく抜け出すよね」

「加納のおっさんの心中たるや、慮れば胃も痛くなることこの上なくってな。返して言えば、それだけ有能な側近がいるってことだろう。派閥はあるだろうがな」

ということで、登城が開始されてから謁見が始まる時間の間に話はしておきたい。ゆえの朝駆けとなる。夜が明けた八時くらいにはもう行列という塩梅なので、その前には忍びこむ。

「下手したら今日首が飛ぶなノブユキ」

「そういうことというのヤメテ」

待つこと暫し。夜が白み始めるや、僕は烈斬を手に長屋をあとにする。越後長屋の門をくぐり、角帯に烈斬を差そうとしたとき、ふと呆れた顔のりんちゃんとばったり出くわした。

「旦那、朝も済まさずどこに行こうと？」

「おはようりんちゃん、いまは着物姿なんだね」

任務明けかな？　お互い同じだろうに、向こうは疲れた様子はない。さすがだなあ。

「ちょうどよかった、頼みたいことがあるんだけど、いいかな。お礼は別途、甘味屋の魔雲天でいかが？」

「承知。——しかし、取りっぱぐれがないように監視はしますですよ。危ないことをして勝手に自滅していかないように主から仰せつかってますからね」

やっぱり僕の監視も入ってたのか。ちなみに珠樹の監視とは別だよねそれ。

ということで、僕はりんちゃんに城へ入りこむ手伝いをしてもらうことにした。その経路は確実に余人が知ってはいけない、そうと知られただけで密かに命を狙われかねない秘密の路だった。

こ、怖～……。

◆ ◆ ◆

登城で賑わい始める門を眼下に、周囲に人気のない書院で僕は義宗さんと加納さんを交え、りんちゃんともどもことの子細と見解を話し、昨夜の顛末と合わせ所見を摺り合わせることにした。

「火男、火炎武者の正体が逸見大左衛門。目的は江都再開発のために説得しなければならない者たちの強制排除。黒幕は、推進派の——」

義宗さんが確認するようにそのあとを続けようとするが、いまは義宗さんであっても、ここに於いては最高権力者『徳河吉宗公』であることに変わりはない。故に、幕閣重鎮の名前が出る前に加納さんが遮るよう話しを引き継いだ。

「よくぞ、太刀筋ひとつでそこまで。神泉どの、確かにこの一件、思うことありあなたの背を押した部分こそあれ、よもや。ううむ」

「この一件、ほぼことが成就した暁には、いちおうの下手人を立て大々的に刑を執行することによって決着させるのが黒幕の狙いでしょう。ともすれば、僕がその『下手人』とされてもおかしくはない。め組もです。運よくそのようなことにはなっておりませんが」

「なるほど、無辜の罪で捕まっている者たちが火盗改の詰め所には大勢いる。それは、そういうことなんですね？」

そう膝を打って義宗さんがひとつ頷くと、さすがの加納さんも「これは急がねばなりますまいな」と大きくため息をつく。

「ご覧なされ、神泉どの。門戸をくぐり登城する大名たちや城勤めの者らを。この中で何人が上さまを『将軍』として認める者らか。我らは御三家でも……まあ、そこはよろしかろう。つまり、上さまはいつ足下を掬われてもおかしくない立場にあらせられるのだ」

なるほど、再開発のための幕府の火付けはこの上ないスキャンダルだろう。黒幕にしては「ここは退き後任に託したらいかがか」と、こうなるはず。ことが露見しなければ、だ。

「囚われの者たちが拷問のさい、まことしやかに『幕府の指示』と嘯《うそぶ》いたとされれば、それこそ手の打ちようもなく。――おりん、証拠のほどは？」

「未だ。秘宝『狐火の煙管』の所在も掴めずです」

「恐らく逸見大左衛門が所持しているかと。あの者の懐ならおいそれと露見することはないでしょう」

僕も見解を吐露すると、りんちゃんも首肯するように同意する。それはつまり、詰め所への手入れを行えば、逸見との邂逅はすなわち火炎武者との戦いとなるはずだ。

「信行どのは、火盗改の詰め所に赴き、証拠を掴もうとしてるのですね？」

真っ直ぐな義宗さんからの問いに頷いてみせる。苦笑しながら「さすがに僕ひとりの手には負えないので、力と知恵を貸してもらおうかと。情報を擦り合わせ、そちらがやろうとしていたことも含めて事件を解決に導きたくて」と素直に吐露する。

「先走って失敗したら目も当てられねえからな」

と、これは烈斬。さすがにりんちゃんもうんうんと頷いている。

「――『黒幕』の某の追い詰め方含め、加納のオッサンはりんを使っていろいろ探ってたんだと思うが、どうだ？　動いていい状況ならノブユキを止める理由はオレにはねえけど」

これには加納さんがウウムと唸って腕を組む。加納格道という随一の家臣は、ただの筋肉なひょうきん老中というわけではない。徳河吉宗という存在をここまで補佐してのける益荒男なのだ。

「……神泉信行どのは、書院番。もはや公儀の一員。その者が火盗の詰め所に乗りこむというのは、止める理由には充分にござる。――が、ふうむ」

と、ちらりと義宗さんを伺うようにじーっと見つめている。

「爺？」

「この爺が、よもや上さまにこのように頼むとは思いませなんだが――。上さま、火盗改の詰め所に先走った旗本の三女が入りこむのを、もし神泉どのが見てしまったとしたら……これは賊をおって乗りこむほかはないでしょうや。なにせ火急の事態ですゆえ」

……加納さん？

「それです、爺。大義、まこと明察」

「義宗さん目がキラキラしていません？」

「こういう言い方すると乗り気になるのはいつものことゆえお気になさらず。して、貧乏旗本の三女はいかに出ますかな？」

と、加納さんは背に腹は代えられぬとばかりに肩をすくめつつ。しかし、ことが急務となっては看過もできない。聞けば、大規模な火災が起きれば――延焼が止められねば――あと一度か二度で再開発の目処が立ってしまうとのことだ。

「材木の値段も上がるでしょう。材木問屋、廻船問屋、方々の利鞘の黒い動きも出るでしょう。根深いのです、この繋がりというものは。ともあれ、江都の庶民がこれ以上泣くのは見過ごせません。りんさん、火盗の動きはいかがです？」

「証拠を得るには、秘宝『狐火の煙管』を所有している逸見大左衛門の確保は必定。ともなれば、火盗の多くが詰める時間帯。そこを狙うのがよろしいと存じますです」

ふうむ、と皆が一様に思案する。

「深夜だな」と烈斬。

「如何様」とりんちゃんも首肯し、「周囲へのゴタゴタを憚《はばか》るならば、夜を待っての突入が最適かと」と、とんでもないことを言ってのける。

「――意義はありません。爺、火盗改の詰め所に今夜、長官である逸見をとどめておくことは可能ですか？」

「影で繋がっている、協力者である材木商との密会を入れさせます。秘密が漏れることのない火盗改詰め所ならば逸見も警戒はせんでしょう。『狐火の煙管』の所有者が動かぬなら、少なくとも不審火は止められますからな」

まあこれは賭けですが、と締めくくる。しかし渡りと当たりをつけている材木商の存在があるとは、やはりおりんちゃんの伝手なんだろうな。僕もうかうかしてられない。

「では決行は今晩」

僕の言葉に、皆が頷く。

「では、それまでは何事もなく過ごすということで。神泉どのはここで仮眠を取っておいてください。なあに、降って湧いた書院番の役目、誰もここには来ませんからな。はっはっは。……おっと、上さまは政務です。さぼることはまかり成りません。これ、どこに行こうというのですッ！」

5

軒先をくすぐるような風が止んだなと思い目を上げたとき、逸見は会合の時刻が近いことを知った。つい、物思いに耽っていたらしい。

綺麗事のみでは、願いは叶えられない。踏ん切りが付いたのは将軍天覧の御前試合での敗北だ。剣名轟かぬのは業腹であったが、後腐れなく間宮老の片棒を担ぐと腹がくれたことには感謝している。

これから会う材木商は、復興の名の下再開発を推進する地域への材木を取り扱う『予定』の商家で、これには間宮の息がかかっていると聞き及ぶ。どこに火を放つか、どの程度被害を出すかを決めるのはあくまでも自分ゆえ、こうした『心付け』の機会も増えている。「受け取れ」との老爺からの指示があったわけではないが、火を放ち始めてからすぐに自ら受け取るようになった。

延焼を防ぐ町火消しの統率は、それ故に実に腹立たしいものだった。め組のお辰を斬り損ねたのは歯がゆかったが、それ以上に——。

「神泉信行」

声に出して呪詛するのは、ことあるごとに立ちはだかるあの男だった。やはり気に入らぬ。
ふと空気が動き、行灯の明かりが誘われるように揺らめいた。

「長官」

灯りも持たずやってくるのは配下の男だ。武家の三男で養子に出されるか小悪党になるかを迫られているなか、度胸と腕を買って自ら配下に引き入れた男だ。

「どうした」

「侵入者です」

——ほう？　と、このとき逸見は愛刀をひっさげながら立ち上がり、これが即座に罠であると予感した。いや、罠であったと予感した。

「火盗改に押しこむとは命知らずよ。して手勢は？」

「ひとりにて」

「男か」

「いえ——」

彼は首を振る。

「女にござる」

脳裏に浮かんだ侍とは違ったが、逸見は先んじて歩き出す。

「賊は牢のほうか？」

「いえ、中庭にて」

陽動だという確信があるが、なにせ江都を火の海にしようとしていた賊の集団に仕掛けてきたのだ、単身できたということはあるまい。その思いがあり、彼は中庭に足を向ける。

廊下を行き、内縁側に通じる部屋を抜けると障子を開け際に「斬り捨てぃ！」と声高く命じつつ、火盗改配下の囲み、その中央に立つ桃色の女剣士に「ほう」と嘆息する。

「出たな、御前試合で見覚えがある。やはり御所の息がかかった者であったか」

裂帛の気合いで打ちかかる火盗改を、まるで仮標の如く叩き潰しながら、彼女はジリと間合いを詰める。

「ひとつ、人の世生き血をすすり……」

誘われたように打ちこむ配下の胴を打ち据える。

「ふたつ、不埒な悪行三昧……」

どよめく男たちの囲みが動揺を隠しきれずに歪み始める。そこを突き、彼女は逡巡したままの男の袈裟を打つ。

「みっつ、醜き江都の鬼を……」

逸見に切っ先を向けつつ、その鬼の面から覗く瞳がきらりと光る。

「退治てくれよう、桃太郎ッ！」

「面白い」

逸見大左衛門は角帯に刀を差しつつ、白刃抜き放ち部下に命じる。

「やれ」

長官の命令に、数を頼りにした男たちが雄叫び上げて押し囲い始める。いかに手練れであっても長くは保つまい。いざとなれば自分が出る。どのような始末になろうとも、この『狐火の煙管』さえあればどうとでも証拠は消せる。

そんな折だった。

「逸見大左衛門――」

「…………やはり貴様もいたか」

裏手離れの牢番が倒されている。そこに立つ男を見た自分の顔は、果たして驚愕だったか愉悦だったか。

「昨夜はお辰さんが世話になった。借りを返しに来た」

「やはりお前は邪魔者だよ。——来い」

神泉信行の出現に、囲いの遠間にいた逸見大左衛門はひとりこれと対峙する。

間合いは五間。試合のときの倍ほどだ。

「真剣にて仕る」

「ご随意に」

どちらの台詞であったか。

それはわからない。

◆ ◆ ◆

中庭からの侵入者を買って出た義宗さんが、桃太郎侍として暴れている。詰め所中の火盗改は総出で向かっているだろう。

僕がいましがた気絶させたこの見張りを除けば三十人ほどだろう。

りんちゃんが牢の鍵を破っている間、僕の仕事はただひとつ。離れたところで高みの見物としゃれこんでいる逸見の相手だ。尋常な戦いならば問題ないだろうが、桃太郎侍が相手よりも、心を揺さぶれるのはこの僕——神泉信行しかいないと思う。

逸見の顔は、どこか達観したような余裕の表情。

「逸見大左衛門」

僕が名を呼ぶと、彼は一刀片手に振り返り、嬉しそうに笑った……ように見えた。

「………やはり貴様もいたか」

あの様子は、材木商の会合を装った足止めを察しているのだろう。互いの間合いは一〇メートル弱。試合のときよりも遠い。

「昨夜はお辰さんが世話になった。借りを返しに来た」

「やはりお前は邪魔者だよ」

――暗に認むるが如き述懐と、剣を構えるのが同時だった。

「来い」

彼の誘いに、僕は乗った。

「真剣にて仕る」

「ご随意に」

抜き放った烈斬を自然八双に構え、するすると近づいていく。

――そこで足が、止まった。逸見からただならぬ心気の鋭さを感じたからだ。剛剣であろうことは構えからわかるが、逸る気持ちが凪いだ水面のように落ち着き払ったものに変わっている。

「江都は生まれ変わるぞ、神泉。貴様らはその礎《いしずえ》となるのだ」

言葉の誘いに、こんどは乗れなかった。迂闊《うかつ》。あのまま打ちこんでいたら外されて斬られていただろう。

「感謝するぞ。再び相対する機会を作ってくれてな。——手出し無用」

最後は集まりかけた火盗の配下への指示だ。義宗さんにも討手が押し寄せている。彼女は容易《たやす》くは討たれないだろうが、時間をかけるのはよくない。早く助けなければ。

焦らされてるのはこちらも同じか。

刀身を右肩にトンと乗せ、頭部に隙を作る。いまは試合のときと同じくらいの間合い。

「いまならまだ旗本武門の者としての沙汰があるかもしれない。逸見、剣を引くんだ」

「武士の情けか」

武士の情けとは、相手が武士であればどんなに憎くとも名誉を汚さぬ配慮をすることをいう。嫌疑にある武士の汚辱は腹を召さぬまま死ぬことにほかならない。いまならばまだ、人知れず穏便に済むだろう。逸見の家も残るかもしれない。

「俺の手は血にまみれている。殺人と火付けの末、腹を召し武士として死にたいとは思っておらぬ」

「逸見、そこまで——」

「ふふ、悪党なりに大恩には報いねば、それこそ家の恥よ」

手加減して勝てる相手じゃない。すでに死兵の覚悟を決めた逸見の剣は感受するも困難だろう。……僕は烈斬に纏わせた風を収める。

斬る覚悟を決める。

「さあ……この俺を殺してみろ、神泉信行」

「江戸を好きにさせないぞ、逸見大左衛門」

崩すしかない。

僕は間合いを詰めると右手に移動しつつ、喉を掬い突き上げるように斬り上げる。遠慮呵責のない鋭さ申し分のない一撃が、逸見の上段からの一撃に弾かれる。

入り身に躱し受け流しながら肉薄する。打ち終えた姿勢の逸見の手に柄を絡めて引き倒すが、片手を離した彼の肘打ちが僕の胸板を強かに打ち据える。

「ぐっ！」

息が詰まる。その隙を狙い首に片手打ちの刀刃が振り落とされるところを双手で打ち逸らす。そのまま押し切る余裕もない。

お互いたたらを踏むように間合いが離れる。

いったいこの一瞬の交錯の中でいくつの攻防が交わされたことか。冷や汗が噴き出す。

「いい顔だぞ、神泉」

逸見が引きつるような、しかし嬉しそうな顔で笑う。僕も同じような顔をしてるのか？

……かもしれない。剣者の業か。

ただ次の一撃で決まるだろう。

お互いそれがわかるのか、表情が、心が、再び凪ぐように収まってくる。周囲の音も、光も、消えていく。逸見と僕だけの空間。

「――っ!」

互いに踏みこみ、白刃が二条閃き、衣擦れの音だけが聞こえた。

飛び退り、驚愕の表情で逸見は僕を見ている。

斬ったはずだという顔。

ああ、斬ったな。斬られたさ。こちらも同じだ。

逸見の着物の袷、鳩尾のあたりが真一文字に斬られている。僕の一撃が皮膚一枚斬ったのだ。

逸見の剣は僕の肩口を擦っている。

「貴様」

間合い不十分な外しをした僕の意図を、逸見は気が付いたらしい。そして、気付いたときにはもう遅かった。

「見たぞ、『狐火の煙管』」

恐らくそうだろう。彼の懐からこぼれ落ちた秘宝『狐火の煙管』、逸見は呆然とそれを拾い上げながら歯噛みする。

「そこまでだ、逸見。証拠は揃った。申し開きはできないぞ」

「抜かせ、ここで全員斬り伏せれば問題あるまい! ――者ども、かかれ!」

しかし、彼も気が付いただろう。周囲がすでに静かなことに。

並居る火盗がすべて雷刀に打ち据えられているか、もしくは――。

「片付きました」

屋根の上でりんちゃんが頷いている。

「忍びだと⁉」

「こっちの者も、僕らの戦いに目を奪われてる間に吹き矢のしびれ薬で無力化させてもらった。もう終りだ、逸見」

僕の言葉が聞こえているのかいないのか、彼は『狐火の煙管』を手に、じっと伏し目で佇んでいる。

「観念しなさい、逸見大左衛門。いまならまだ御上にも慈悲はあります」

「――おのれ」

桃太郎侍が、瓦解した囲いから悠々と歩み寄り、その尊顔を逸見へと向ける。これ以上の戦いを望まぬ意思の表れだろう。

「逸見、余の顔を見忘れたか」

「なんだと――。あっ⁉」

闘争と憎悪の思念に、突如として武家の畏れが湧き上がる。その顔、同時に脳裏に去来する徳河の紋。その威光に彼は戦いた。

「上さま」

「ことのあらまし、すべて話してもらいますよ。いまならまだ、家の名誉は守れましょう」

最大限に手を差し伸べる義宗さんに、しかし逸見は歪んだ顔で哄笑して返す。嘲笑かもしれなかった。

「鬼州の小娘が、のこのこと出てきたか。ははは、そうか、公儀の犬ではなく公儀そのものであったか。歪で未熟な公儀の小娘が、そうか、ははは！　――いいだろう、上様の名を騙る桃太郎侍、ここで討てばすべては上手くいく」

「まずいノブユキ、すでに秘宝を発動させてるぞ！」

烈斬の言葉が終わる前に、逸見の気配が熱を伴い爆発的に膨れ上がる。

「間宮さまの大恩、いまここで報いる所存！」

逸見の怨念が声となる。

「見るがいい、これが俺の忠義だ！　炎よ、我が身を包め！」

「な、あれは――！」

爆炎が僕と義宗さんを弾き飛ばす。間合いを取った僕らが見たものは、そう、あの火炎武者だ。恐ろしい熱量が噴き出している。

『いまから俺は鬼となる。ふふ、この姿になると人を燃やす快楽を思い出す。ひとりふたりでは物足りぬ。ここにいる者すべて燃やしてくれよう』

打ち振るう刀身から炎が広がり、打ちこまれた詰め所の各所から火の手が上がり始める。

『知っているか？　炎の中では泣くこともできん。涙がこぼれた端から乾き果てるからな。かか、居場所を失って逃げ死ぬものを見るのはたいそう愉快だぞ神泉』

「秘宝に心までねじ曲げられたか」

『貴様の死ぬ顔も見せてもらいたいものだ』

「人を棄てるのか⁉」

『鬼で構わぬ！　間宮さまの夢が叶うならば人であることも、命も、なにも惜しくはない！』

叫ぶと同時に火炎武者の膝下で爆発が起きる。恐るべき推進力で突進が来るが、予備動作を上手く読めた。ギリギリで躱したが、尾を引くような狐火の火炎は生き物のように広がり家屋へと燃え移っていく。

すべてを灰燼に帰そうとする怨念がそうさせているのだろうか、肌がひりつくように傷む。

「信行どの！」

「義宗さん、ふたりで倒しましょう！」

応えは言葉ではなく素早く挟撃に移行した姿だ。義宗さんはいまの動きで火炎武者の溢れる破壊力を逸見自身が制御しきれていないことを見て取っている。大味ないま仕留めなければ、時間を経るごとに強くなってしまう。

彼女に目配せをする。

――僕が逸見を相手取ります。

――私がその隙を仕留めます。

それだけで伝わった。あの装甲を打ち破るには彼女の雷刀の一撃が必須。烈斬の風の力で斬割するよりも、圧力で制し、雷刀の防御不可能の力で逸見本体を倒すほかはない。

「逸見、僕はここだ。殺したいのだろう、燃やしたいのだろう、相手をしてやる。来い！」

『神泉ィイイ‼』

安い挑発は、戦いの常套。

「烈斬」

「応よ」

臍下丹田に気をこめ、大きく息を吸って、口から細く低くすべて吐ききる。刀身に纏わせた風は鋭く密度を増し、爆速で迫る火炎武者の突進へ向けて切っ先が向けられる。

『死ねぇぇえ！』

圧倒的な熱量が迫ってきた瞬間、僕は右足を引きがてら、体全体を使い烈斬でその炎を受ける。一瞬で肉体が蒸発してしまうかのような熱さと、武者の面頬から覗く逸見の眼光を、はっきりと感じた。

刹那の衝突だったはずだが、僕には、いや、僕らにはゆっくりと感じられた。逸見は泣いていたのだろう。しかし彼の言うとおり、涙は流す端から乾き果てる。すでに業の火に焼かれていた彼からは、とうの昔に涙は涸れていたのかもしれない。

烈斬の切っ先が兜の内側からシコロへと入りこみ、風を爆発させるように衝撃を与える。存分に頭蓋を震盪させられた逸見だが、火炎武者となった鬼は全身から炎を吹き飛ばされてもなおその刀を振り上げてくる。

「いまだ、義宗さん！」

「――ありがとうございます、信行どの」

大上段に雷刀を構えていた義宗さんが目を見開く。夜闇を、いや、業火の灯りすらかき消すような目映いばかりの金色の閃光。あれこそが、雷刀の真の力。

「秘剣タケミカヅチ」

彼女は細く呟く。

「八代将軍、徳河吉宗の名において命じる。秘剣よ——煌めけ！」

天に掲げられた雷刀が轟き、火炎武者へと降り注ぐ。

「雷刀ぉぉおお!! 成ぇぇぇ敗ぁぁあああい!!」

迸《ほとばし》る轟音すらかき消す光の奔流が周囲を飲みこんでいく。僕の叫びも、逸見の断末魔も、無念の声すらも。怨嗟の情念までも白く白く塗りつぶす黄金の輝き。そのすぐあとに臓腑を震わせるほどの激震が奔る。

一歩、二歩、それでも離れるのには足りなかった。咄嗟に飛び退ったが、その落雷の余波は僕の身体をも軽々と弾き飛ばす。

もんどり打つように着地し、光が止んだ周囲になれてくると、そこにはもう火炎武者も、家屋に飛んだ炎すらかき消えている。

かの鬼は、『狐火の煙管』ともども、怨念すら蒸発して消え失せた。地に残る煤だけが逸見の名残となっている。

「——家臣の処断は主家の義務」

疲弊しきった義宗さんが静かに納刀しながら、目を伏せて呟く。

「此度の一件、この私の至らぬせいで起きたこと。江都の人たちが被った被害の責め苦は、この――」

「義宗さん」

　それ以上言わせず、僕は烈斬を納めながら彼女を抱きしめる。

「僕も一緒に背負うから。少しでも江都が人々が笑って過ごせる町になるよういっしょに頑張るから。……自分を責めるのは、すべてが終わってからにしよう」

「信行どの」

「これから先のほうが長いんだ。ひとりで抱えないで。僕がいる。加納さんも、烈斬も、お辰さんも、みんなが支えるよ」

　そこに、囚われていた人々を避難させていたりんちゃんが戻ってきた。

「もちろん自分も数に入ってるんですよね、旦那」

「ああ、りんちゃんもね。報酬が要るけど」

「魔雲天、忘れてませんからね」

そうでした。

そうこうしているうちに、たくさんの足音が迫る気配。南町奉行所が動いたようだ。

「あとは加納さんたちに任せよう」

僕らは目を回している火盗改配下を一瞥すると、ふたりを連れて夜闇の中へと走り出す。
◆◆◆

その後、事態の収拾は速やかに行われた。

逸見と間宮の悪事が白日の下にさらされたが、同時に逸見の『義宗の指示で火を放っていた』旨が認められた遺書が見つかり、生き残った間宮の処分は一時預かりのものとなった。

しかしほどなく謁見、松の間で御所自ら彼に裁断を下している。改易のうえ配流という、老体にはなかなかに堪える沙汰だった。

申し開きができぬほど、証拠を揃えていたんだ。さすが加納格道、といったところだろうか。

これが『享保の鬼火事件』の顛末と相成った。

そのあと僕は事件解決の立役者として広く名を知られるようになった。

「混乱には慶事でござろう」

改易した間宮家の資材を以て復興を進める最中、僕は火盗改長官としての任を拝し、同時に義宗さんとの婚約が発表されることになった。

そして、宗春さんの勧めもあって珍しいお披露目行列を催すこととなった。僕は義宗さんと並び、白馬に揺られながら江都の町をゆっくりと回っていく。この時代に来たときはどうなることかと思ったけど、なんやかんやと事件を解決し、いまがある。

さすがに将軍さまに婿入りするなんて思いもしなかったけど。

「お城のお勤めや行事にも慣れてきましたが、これはかりは緊張しますね」

「そうですね、私も少し緊張しています」

でもほら、と彼女は市井の人々の表情を眩しそうに見つめる。

「みんな笑っていますね」

「信行どの、あなたが護ったのです。あの笑顔を」

「僕は大切な人の願いを手伝っただけですよ」

「信行どの――」

そう。愛する人の願いを手伝ったんだ。それは僕の願いでもあるから。

みんなと、かけがえのない人と護った町がある。心の中にじんと広がるあたたかい気持ちに目頭が熱くなる。

よくよく見れば、笑顔の中に驚きの表情も混ざっている。庶民にとって初めて尊顔を拝謁する将軍さまだが、見覚えがあると気が付いた人たちだ。驚きの表情に、僕は黙って目礼を返す。

大丈夫、貧乏旗本の三女であろうと、将軍さまであとうと、この人はきっとこの町と人々を護りますから。

高俊さんと珠樹、宗春さんらの姿も見える。め組なんかは屋根の上に登りかねない勢いだったが、お辰さんらも大きく手を振って祝福してくれている。

あの手鏡の正体がどんなものだったか——それはまだわかっていない。しかし、元の時代には戻らず、義宗さんと一緒に街を守る決心をした僕は新本晴れとなった蒼空を見上げ、この未来という選択を選べたことを嬉しく思った。珠樹も、僕の決意を応援してくれた。

「ほんとうに温かいですね、江都は」

「ええ。でもまだ問題は山積しています」

「支えますよ。どうぞ、心の赴くままに」

暴れん坊がすぎたら、止めてあげますから。

なにがあっても。一緒だ。

僕は彼女と生きていく、この江都で。

幕　ともに、生きる

「義宗さん？」

「はい、なんでしょうか」

ある日とつぜん、火盗改の長官として忙しく書庫の文献の整理とまとめをしていた矢先、義宗さんが忍んできたかと思ったら、あれよあれよという間に押し倒されてしまい。

「押し倒されたのまではいいのですが、なんで僕の股間におみ足を添えているんです？」

「そ、そんなの決まっているでしょう？　あ、あなたを教育するためよ？」

なんか棒読みというか、マニュアルに従って言ってる感じが凄い。

「きょ、教育ですか」

「忙しいのはわかっていますが、それにしても私のことを放っておきすぎです。帰ってきても疲れたからとご飯を食べてお風呂に入って寝てしまう、私との語らいのときすらろくになかったではありませんか」

「ああ、つまり寂しかったと」

うう、これは重責を担ったせいにしてはいけない。僕の責任だ。

「でもなんで僕の股間に足を？」

「今日は信行どのに私なしではいられないよう教育を施しにきました」

股間に足の答えにはなっていないが、並々ならぬ決意が窺える。――火盗の詰め所といえば部下も大勢いるんだけど……どうしたことか、まるでどこぞの筋肉家老の指示で皆が一斉に見廻りに出たかのように人の気配がない。

「では……」

そういうや、足をスリスリと動かし始め、僕の股間を刺激し始めてくる。……こ、これは噂に聞く足コキというヤツではあるまいか。

おっかなびっくりな力加減で刺激されてるが、これはなかなか。しかも彼女の下着が裾のまくれから見えているのが素晴らしい。

悪ふざけのような行為だが、いじらしい動きにムクムクと僕の股間は反応してしまう。

「ふふ、おっきくなってきました。もっと私の足で気持ちよくなってくださいね」

この特殊プレイに彼女自身も興奮してるのか、徐々に息が上がってくる。うっすらと下着の染みも見受けられる。

袴を押し上げるくらい怒張した息子。

「そ、そろそろ外に出してあげないとかわいそうですね」

「僕だけじゃ不公平なんじゃないかな。ね、義宗さん」

「ええ⁉　……うう、まあそれはそうですけど……」

ちょっとSっ気を出してみた。

彼女は上着を脱ぎその胸をさらし、僕は袴を下着ごと脱いで股間を晒す。お腹まで反り返る暴れん坊っぷりで、そこに彼女の足がそっと添えられる。

「うぉ⁉」

彼女の穿いているのはタイツのような物だったが、直に股間を刺激されると、その感触に声が漏れる。

「宗春おすすめの下着です。最先端の技術と最高級の絹を使った肌触り、越後屋自慢の新商品だとか」

なんてものを作りよったんですか！　す、すごい、これが足コキ——しかも高級タイツコキという……ああっ、気持ちいい！

「怖いくらい気持ちよさそうですね。……先走りがものすごいです」

「すごいというかなんというか」

「この日のために用意した逸品なんです」

計画的犯行でした。

うう、このままではイかされてしまう。

「裏筋をなぞったらビクンとしましたよ？　ここはそんなに気持ちがいいのですか？」

「なんか背筋がゾクゾクします」

その生地のせいじゃないでしょうか。滑らかだけど摩擦の快感が凄いんです。

「今日は信行どのの教育の日です。素直なのはいいことですよ。さ、このまま私の足で出

しちゃいましょうね」

うう、あんまり余裕ないかも。

「いいんですよ？　思い切り出して。受け止めてあげますから……。もちろん足で、ですけどね」

イタズラっぽくそう笑って足の指を巧みに使い刺激してくる彼女。拙かったはずの彼女の動きと、添えられる足の裏という面の攻撃で僕の股間は爆発寸前まで追いやられていた。

圧力でしごき出されるのではなく、くすぐったい刺激で虚空に放ってしまいそうになるもどかしさに腰を突き出してしまうが、彼女の足先でそれは簡単にいなされてしまう。

「ああ、義宗さん、僕、もう……！」

「はい、ひと思いに射精しちゃってください。ほら、ほらぁ……！」

も、もう限界だ、出るッ！

勢いよく虚空に放たれた精液が、彼女の足のみならず腿のあたりまで弧を描いてしたたり落ちていく。びくんびくんと、受け止められることのない射精が裏筋をツゥっと撫で上げるつま先の刺激でさらに勢いを増していく。

「も、もう、どれだけ溜めていたんですか」

「最近忙しかったから……」

射精しきったあと、息を整えながら彼女は座り直す。

「ご満足いただけましたか？」

「……いいえ、まだです」

「ほぇ？」

僕は彼女にぐいと迫ると、その染みの広がる下着をちらりと見ながら呟く。

「義宗さんが満足してはいない様子ですし」

僕の股間はムクムクと力を取り戻す。溜りに溜っているので、一度や二度では落ち着きそうもなかった。

「そっちから始めたんだからね？　こんどは僕が義宗さんを教育する番だ」

そう耳元で囁《ささや》くと、彼女は静かにこくんと頷き、「このはしたない私を教育してください」と、下着をするりと脱ぎ、四つん這いになってお尻をこちらに向けてくる。

……凄い光景だった。

「み、みられてますよね、私の恥ずかしいところぜんぶ」

「ええ、見えちゃってますね。お尻の穴までぜんぶ」

羞恥に応えるように彼女のお尻がきゅっと締まる。うん、よく見えてます。

「や、やめてください。み、みないでぇぇえ……」

見ます。

それに突き出すようにゆっくり振ってるってことは誘ってるとしか思えないのですが。

しかしいやらしくなったなあ。最初のときは破廉恥だなんだのいってたような気がするけど、あれはもう遠い昔のことなのだ。

「いやらしい義宗さんを教育しないとね」

「は……はい」

観念したかのように、いちばんいやらしい穴がヒクヒクと蠢《うごめ》く。僕はそこに肉棒をあてがい…………少し焦らしてみた。

「なにが欲しいか正直に言ってごらん？」

「え、ええ……!?」

教育です。

「こ、ここに……お情けを、ください――」

「ここ、じゃわからない。どこにほしいの？」

「そ、それはあ……」

僕はじっくりと待つ。我慢できないのは僕も同じだけど、さっき出してるせいで少し気分に余裕はある。

理性と情欲の狭間で彼女は逡巡していたが、しかし観念したかのように腰を突き出し――。

「お、おま○こ……にぃ……ください……」

「よく言えました」

僕はご褒美代わりに奥まで一気に挿入した。どろりとした粘膜をかき分けると、すでに迎えに降り始めてきた子宮を擦り上げるように膣奥へと到達する。二度三度と突き上げると、びくんと体を震わせて膣内がきゅうきゅうと締まり始める。

「んきゅう……気持ちよすぎですぅ……！」

「もうイきそうになってる？」

彼女は体を震わせてそれに応える。

「まだこんなものじゃないからね？」

「す、すみません、私も久しぶりなのでしゅごくビンカンに――」

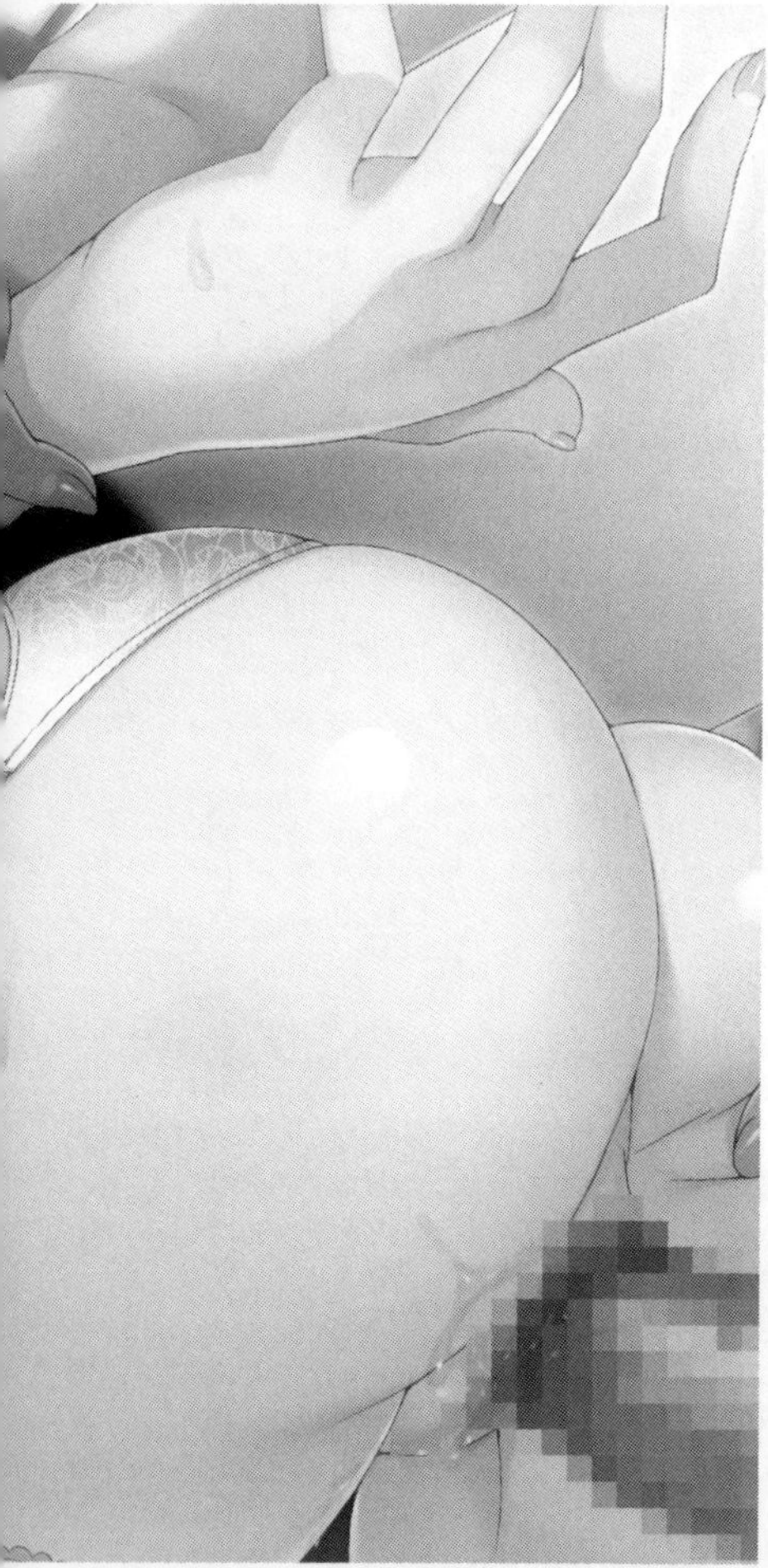

「ごめん、無理」

僕は容赦なくピストンを開始する。彼女のキツい粘膜を肉棒でかき分けるよう突き上げ、気持ちのよくなる部分を擦り上げ、強く、そして優しく腰を送る。

泣くような喘ぎを上げながら彼女が忘我の表情で脱力する中、姿勢を支えるようその左手を取って上体を起こさせる。

ねじれるような姿勢に胸が逃れるよう脇から覗く。その大きい乳房は僕の腰と彼女の喘ぎにあわせてふるふると波打ち、乳首はピンと主張し畳と軽く擦れ合っている。

「あぅっ、さ、最初から激しッ……くぅうん！」

獣のような交尾。彼女の膣内もぴったりと吸い付き、あふれ出る白濁した愛液が軽く泡立ちながら畳へとこぼれゆく。

裏筋を擦るような子宮口の感触。僕はそこをかすり当てるよう何度も最奥をノックする。そのたびに膣口は締まり、膣内の粘膜は絞り上げるよう肉棒を包み苛む。

「ふわぁあ、あああっ、や、やぁん！　う、んぁあ、……あ、あんっ！　ふ、深い！　深いぃ！　ああ、あぅ！　深いの好きぃ！」

仰せのままに。

僕はこれでもかと、彼女の最奥をぐりぐりと蹂躙《じゅうりん》していく。精を放つのはここだぞという予告も兼ねたような激しいピストン。

彼女の体が一段とビクンと跳ね上がったとき、僕の限界もすぐそこまできていた。

「こ、壊れる、壊れてしまいますぅ～……！」

僕は彼女を引き寄せ、これ以上ないくらい深くつながり合う。

「信行どのぉ、好き、好きなんですぅ！　んぁぁぁあああぁッ！」

「ぼ、僕も好きだ！　大好きだぁ！」

僕らは告白し合うように叫ぶと、激しく痙攣《けいれん》し合う。彼女の中に大量に注がれる精液、そのすべて漏れることなく膣内に満たされていく。キツく締まった膣口が震えるように、しかしやがて脱力するように肉棒を送り出すと、名残のように少し精液がこぼれ始める。

こんなに出したら、ほんとに今日お世継ぎができるかもしれないな。

それくらい大量に出した気がする。

「ふふ、愛する人との子ですか」

義宗さんが僕を見つめてくる。

「楽しみですね、信行どの」

責任重大。大丈夫ですよ。

「では念入りに、もういちど――」

僕は彼女に口づけをすると、こんどは正常位で押し倒す。

この幸せな時間を、もっともっと味わうために。

あとがき　西紀貫之

ＡＬｃｏｔさんの同名作品のノベライズです。フルプライスのアドベンチャーゲームだけあって、そのボリュームたるや共通＋１キャラのルートだけでも果たして文庫一冊に収まるかどうかという内容の濃さです（僕はりんちゃんが好きです）。

今回はメインヒロインのルートを背骨に共通ルートとともに肉付けを行い、絵やＢＧＭ、音声と演出などがありきのシーンをいかに紙面に落とし込むかに尽力いたしました。

作品のメディア展開において、今回の小説化がよい方向で皆様に受け入れて頂ければと願います。


謝辞です。

今回、大切な原作を預けて頂いたＡＬｃｏｔさま、イラストレーターの庄名泉石さま、蟹屋しくさま、丁寧な監修も併せ、お礼申し上げます。

編集のＭさま、ぷちぱら文庫の皆さま、いつもありがとうございます。

ではまたいつか、別の物語で。

ぷちぱら文庫
将軍様《しょうぐんさま》はお年頃《としごろ》

2021年 9月29日　初版第1刷 発行

■著　　者　西紀貫之
■イラスト　庄名泉石、蟹屋しく
■原　　作　ALcot

発行人：久保田裕
発行元：株式会社パラダイム
〒166-0004
東京都杉並区阿佐谷南1-36-4
三幸ビル4A
TEL 03-5306-6921
印刷所：中央精版印刷株式会社

PP0405

既刊案内
最高に都合のいいパイズリ上手のマリーさん
ニッポン男子の♂スゴ～イデスネ♥
ぷちぱら文庫 369
著 西紀貫之
画 黒川おとぎ
原作 ぱじゃまエクスタシー
定価 810 円+税
好評発売中!